U0078530

河宴

鍾怡雯 著

三民書局

《河宴》序

陳慧樺

鍾怡雯有許多面貌，那是三年多之前為她的兩篇散文〈山的感覺〉和〈島嶼紀事〉撰寫推介時未嘗體認到的，未嘗體認到主要是未看到她的另外一些篇章如〈我的神州〉、〈外公〉和〈村長〉等，而這些篇章當時尚都未出世呢。現在在讀完怡雯結集要出版的這本《河宴》後，我必須更正說：鍾怡雯為多面的夏娃，其散文創作不斷在成長之中。扳指算一算，發覺她有清新亮麗的一面，也有較為穠豔的一面，不過貫穿這略為不同面貌的篇什的是她的詩意和細膩。怡雯似乎較為擅長於長篇鋪陳，把敘事和抒情溶混在非常細膩的景物描寫之中，她的靈氣和透視在在都點亮了她的文字意境與網面。

先談怡雯的敘事。這應以〈外公〉、〈村長〉和〈我的神州〉為代表。鍾怡雯可說是在其外公的呵護下長大的，故對外公當然就懷有深厚的感情。她外公不賭不酒，可卻嗜抽水煙，說話必然在句尾拖個感嘆詞以釋出其豐沛的情感。生在古代，他必然應是俠客型（所謂 Robin Hood 型人物）的人物，因為他擅長翻山越嶺，獵取飛禽走獸，套句鍾怡雯的話說：「在那段匱乏的歲月，外公像一隻荒山野地裡四處覓食的機靈豹子。」即使改採我的文字來敘述，她所提供的材料仍舊是生動、生趣盈然的；她常常會在乾癟、抽象、平典的半個句子之後來一個鮮活的描述。這種敘述策略在上提這三幾篇散文中固然明顯可見，在其他大部分較重抒情兼雜描寫的文章中更是處處可見。

怡雯在〈外公〉裡說：「改變我的，卻是外公。」然後又說她外公雖是文盲，卻擁有「生活的智慧，和開朗樂觀的性格」。我想這些都造就了怡雯較為爽朗樸實的性格，故其文字就較少（幾乎沒有）某些所謂才女的愁悒和怨懟。其外公人緣好，又會說故事逗樂人，這都對一位文人是有影響的。另一位影響她的應是〈天井〉這篇中所抒寫的「奶奶」了。鍾的奶奶堅毅不拔（此乃客籍人士的傳統性格吧？），子然一身在那窮鄉僻壤過日子；她跟鍾的外公一樣，也很會說故事，可她講的卻是神話故事。怡雯國民小學入學之前都跟奶奶生活在一起，常常「沉醉在奶奶編織的神話故事中」。在〈天井〉這篇散文前頭，她寫到跟天井有關的龍蛇時說：

> 奶奶說龍能呼風喚雨，下雨前滿天湧動的烏雲就是龍在打滾。或者井底是一個晶瑩剔透的龍宮，宮殿門口站著手持戟矛利刃的魚兵蟹將，宮裡歌舞昇平，日日弦歌絲竹不斷，或許……許多的或許，委實因為井水太幽深。

除了描述生動之外就是想像力豐富，作者因井水深邃遂聯想到許許多多跟龍蛇有關的故事。

除了上提的敘述策略，怡雯另一項特色即是「先論後敘」。〈外公〉一開頭不久即提到作者跟外公親近的原委——內向多病和被動的個性有需「轉折」——然後即殺出一句「改變我的，卻是外公」，而整篇文章都在演敘鋪寫外公的風趣為人、爽朗個性對作者的影響。〈村長〉先寫村長的怪異行徑，然後作者即說：「除了嗅泥土的怪癖和晚上不太睡覺之外，村長可是個好人。」其實通篇文章都在推演作者何以認為村長是「好人」這個命題。甚至像〈天井〉這樣一篇描述多於敘事的篇章，作者亦在開頭第四段拈出命題來：「井水醞釀了我醇美芬芳的童年，又研出一池好墨在我回憶的扉頁揮灑一則童話，一則不褪色，溫馨甜蜜的童話。」而這些都跟奶奶的鎔鑄有關聯。我們姑且稱呼這種敘事鋪寫策略為「先論後敘」，或者叫做「反高潮敘事法」，生動的人物素描都會在這種夾敘夾議的後頭全景演出。

然後從〈我沒有喊過她老師〉、〈迴音谷〉、〈靈媒〉、〈人間〉到〈鳳凰花的故事〉等等應是比較全面的「夾敘夾描式」篇什，敘事與描寫的比例似乎顯得愈來愈勻稱，而且在這些篇章裡，我們發覺怡雯的意象叢越來越稠密，節奏也愈來愈明朗，也就是說，這些篇章的抒情韻味越來越濃。

怡雯的文字大體上都算相當精鍊，句子大都以簡短為特色，兼有古詩詞的韻味和優美，譬如〈我沒有喊過她老師〉中有「漫步鐵路旁，風在茅草間流竄，不時捉狹的撥弄我們的髮梢衣襪。」和底下這樣的片斷：

> 天地朗朗，山巒尖拔，茅草平濤無垠，儼然一幅絕妙好文章。一棵老樹佇立火車站旁，滿地熟透的果子晶亮，色澤飽滿、油黃。果不可食，兩個巴掌大

的葉片沾鹽生嚼，卻異常鮮嫩，透著原始的野香。

這些句子都簡潔到極致，所刻劃的直逼中國山水畫中的境界，可見她涵泳中國古詩詞所摘取到的營養，這樣的文字早已可跟簡媜與張曉風並駕齊驅了。可是，怡雯有一項她們所沒有的武器：現代詩創作經驗，這項經驗常可協助她直透事物之核心，淘挖到富有靈視的閃亮片斷和意境，而節奏感似乎都並非最重要的質素了。

何寄澎在評怡雯的〈人間〉這一篇時提到：「作者的筆法非常特殊，大部分的筆墨都在寫外在的景物，彷彿著意人物甚少。其實景物的描寫多寡有人物的心境或氣質、形象在內。」這些話的確能拈點出怡雯散文創作非常重要的一個特色：借物寫人，這種抒寫策略在「夾敘夾描式」這些篇章裡固然顯得突出，其實在其他以敘事及以描寫為主的篇什裡也一樣發揮功能，想來鍾怡雯對王國維所說的「以我觀物，故物皆著我之色彩」這種說法一定是很熟悉的。「借物寫人」再加上我上面提到的「從平典中奇出」、「先論後敘」以及「夾敘夾描」等式，大體已很夠概括怡雯整個創作策略與風貌。當然，我們也可以指出來，這裡所說的創作策略大體上都是比較可以習而得之者，而真正構成一個作者的靈視和精髓——那種超越的似乎有些渺茫的精神境界——卻是秉賦天生而得之者，那可不是每一個作家都能擁有者，而我覺得，怡雯多少是擁有這種奇特秉賦的，也請善為珍視發揮之。

我在〈「島嶼」為烏托邦的翻版？〉一文中即已提到怡雯文字的細膩、飄逸、颯脫和感性，所有這些特質最能在她的第二三類篇什中同時呈現出來。譬如她在〈人間〉裡所描述的跟小祖母的認同，又例如她在〈鳳凰花的故事〉對鳳凰花大幅度鋪寫（其實即在暗喻「出落得水芙蓉一般」的陳阿姨曇花一現的生命），她幾乎跟標的物都溶為一體了，那麼投入，那麼帶著溫馨與關懷，可她卻從不濫情（低調和含蓄可應該是她文章的另一個特色了）。

請看怡雯在〈鳳凰花的故事〉前段如何寫陳阿姨：

> 樹的影子愈來愈短，大地像蒸籠般騰冒熱氣，風不知道躲到那個角落午睡去了，我漸漸的有些迷糊。她向我走來，一貫的淺笑。單薄的身子輕得蜻蜓點水似的。微啟的唇像飄落的鳳凰花又像翩飛的紅蝶。明亮的陽光下，那淺淺

薄薄的笑竟像罩了晨霧般有些虛幻飄渺。

她的出現到底是真實還是虛幻？再看怡雯描寫雲絮：

團團雲絮先是化為狗，瞬即蹲伏成貓，然後牠睡醒了，伸展四肢、站起、弓背、伸個懶腰，忽然卻又形變為模樣猙獰的怪獸，張牙舞爪作勢要撲過來。才一會兒便又散開，重重疊疊的湊成棉花絮，浮貼在天上。一些扯碎的便孤孤單單的浪跡他鄉。（前引文中段）

這些優美片段是否跟作者所要描繪的對象有些許關聯？你若不信，則請再看〈鳳凰花的故事〉快末尾這一段：

細雨斷斷續續滴了幾天，鳳凰花遞次開放。先是一小撮害羞的點染著末梢，後來仗恃著朗朗陽光的嬌寵，便大著膽子放縱起來，一大叢一大叢往綠葉潑去，不過幾天便燻紅了整棵鳳凰木。那陣子無論走到那兒都像有熊熊烈火燃燒著。靠近白色建築物那棵簡直是火傘一把，樹下則是一張花瓣織就的紅氈。樹上地上全是瀲瀲的殷紅。那姿勢像是要把生命推向頂峰，作一次全心全意、轟轟烈烈、無怨無悔的演出。村子裡的人都說那棵鳳凰木瘋了，紅得如斯不尋常、如斯駭人。

鳳凰花紅慘慘的演出難道不就是陳阿姨短暫生命的隱喻嗎？

怡雯比較偏重描寫的篇章應是〈來時路〉、〈島嶼紀事〉、〈山野的呼喚〉和〈山的感覺〉等篇，在這些篇章裡，讀者諸君仍可尋繹出我在本文裡提到的種種創作策略，只是在這些篇章之中，描繪才應是主軸。而「我」對物的觀照其實多少也能折射出對「我」的深入了解。讀者諸君您們是否可以接下去開始詮釋？

臺北・九五年二月一日

華年錦繡——序鍾怡雯散文集《河宴》

楊昌年

多年從事文藝研究、教學的認知，有鑒於文學發展始盛終衰的生物性，可使我們驚覺到一甲子之前興起的五四文風業已老邁衰微，即將在新起風貌的代興之下歸束沉潛，而成為文學史上的一段里程。盛衰遞嬗之理是由於文學的不全性：昔年五四，以其自由、語體的新異之姿，形成為格律拘限、而與生活語言脫節的古典文學的反動，雖然以它的優點糾改了上一文風的缺失，但先天的不全性仍然存在，自由語體化的另一面即是空泛平凡的藝術深度不夠。時至今日，五四文風業已逐漸老化，代興的精緻文學始兆已現，即將以其優美精緻的藝術特性，風行現代，成為文學上新的主流。

這——是為我所秉持的教學理念之一，在如此理念的前導之下，影響著學生們的創作與研究，通過切磋琢磨，遂能有一顆顆年輕、閃亮的創作才華展現。而鍾怡雯，她是散文方面最為燦煌的一顆。

多年前就已發現了她的才華，此後，一直在關懷中看著她進展——得獎、上研究所……及至第一本散文結集問世，里程刻度的明晰，是將有助於跋涉寫作長途者的自信，亦是有助於讀者們對這位年輕作者的了解。

就文藝評估內涵形式的二分法言，雖然神明骨髓的內涵尤重於血肉豐采的形式，但我從事評估的慣性，仍是由文字形式入手。怡雯的筆觸，符合前述的精緻文學的條件，而描寫尤為鮮活，抽樣如：

屋前的馬櫻丹一樹金黃細細的花蕊粉屑灑了滿樹，清瘦卻遒勁有力的枝幹透露著不屈和頑強。嫻靜的黃花悄悄的開，不著痕跡的落，稀稀疏疏透著落寞。即使風雨來襲，依然不會全部掉盡，總會有好幾朵氣定神閒的傲立枝頭，和天地萬物一同欣賞日升月落。(〈人間〉)

水聲在不知名的地方，用靈動的顫音，輕輕對我招喚。穿過蓊鬱的樹叢，落葉的吁嘆驚動鳥群，紛紛撲翅飛起。走著走著，恍然這是一條通往外婆家的小路。然而童年的甜美就像不耐舔的棉花糖，唇齒留香間，便忽已長大。

（〈河宴〉）

以上引文，除卻形容、譬喻功能的鮮活恰當之外，另外還有著典麗，那是她濡染自學習環境的特色，而第一則中，「和天地萬物一同欣賞日升月落」的睥睨，第二則中「水聲在不知名的地方，用靈動的顫音，輕輕對我招喚」的詩化，又已形成她文中剛柔相濟的采姿。

當然，通過文字，評估的指向必然是由情及理。怡雯常能以充盈之情，自然地傳達理念，以下是我採擷的抽樣：

他更瘦了，連聲音也乾剩一張脆薄的紙，一戳就會破。我不斷提醒自己，只要一雙聆聽的耳朵，千萬不要觸動任何感傷的情緒。

他先是用還算平靜的語氣敘述自己的去處，轉學的手續已辦妥，寄宿的親戚家環境還不錯……。「以後不能幫妳採芒果了。」聲音低了下去。

我心裡一陣顫動，說到要害了。

「這個給妳。」是一袋圓石，「十五個，妳快過生日了。」

我抬起頭，僅僅一瞥，四目相接，卻從彼此的眼神讀出心裡的祕密和年少的執拗，以及掙扎。兩人都沉默，該說的，都交給十五顆乾淨的圓可石。

他背過身去。跨上腳踏車。略遲疑。回頭。揮一揮手，慢慢的消失在路的拐彎口……。

我想起湖畔的牽牛花。她的小碗裡，一定盛滿昨夜未乾的雨水。（〈亂葬的記憶〉）

這一則，抒寫的是黯然的稚情。十五顆乾淨的圓石，物是而人非。人的遠去與消失，那是「平蕪盡處是春山，行人更在春山外」的不忍與不捨。這一段結尾最佳，牽牛花的小碗裡滿盛昨夜未乾的雨水，象徵著一泓清澈中的淚水盈滿。

通過人事景物等題材，通過了情，散文的主題理念乃告開發，「若讓山有所選擇，想必不願接受成長的諸多折難，儘管那是蛻變的過程。無奈，必須。」無奈的是人生的必須，跋山涉水經歷磊坷的荒涼蒼涼，儘管不願又何能拒免？〈我沒有喊過她老師〉中的人與事，是為「民胞物與」的人生之悟。〈亂葬的記憶〉中人事棋局的感慨、世事一場大夢，人生幾度秋涼，理念的省得雖然不免於宿命的衰颯，但也是短促不全人生中的無奈喟嘆，對年輕的作者言，這種感傷來得太早，但這也顯示了作者思想的進展超前。〈山的感覺〉一篇之中，儘多有理念之珠閃耀可取：了解到生命、生活的真實，始知現在走的，正是古人的覆轍，閱讀與生活印證，始信古人所言不虛，此後，大可以去書頁之中悟對古人，一同唏噓。生命不停接受沖刷，外方內方的原型果能磨得外圓內方的理想？生命是一條不斷流動的水，而人的存有只占其中一段，儘管細流與江河大小不同，但所擁有的時間卻是相差無幾。「春風來似不曾來」，說的是人與自然的「渾然無隔」，若是深究，那是「相看兩不厭，唯有敬亭山」、「問余何事棲碧山，笑而不答心自閑」的李白情懷，是為「物我不分」，接近「人與宇宙之間的諧和——天人合一」的境界。

錦繡華年的怡雯，乘華年精心為文。文如錦繡，想必能引發眾多年輕心弦的共鳴。這是她的第一本結集，祝福她能賡續精進，以才情的馳騁，在文藝創作的江流中蔚起洪峰。

是為序。

一九九五年元月二十日

河宴

輯二　島嶼紀事

輯三　山的感覺

輯四　井　伯

附　錄

輯一　我的神州

人間

穿過綿延亙長的甘蔗田就是小屋。夕陽在山，前方的樹林餘暉漶漫。

這裡不似人間，一切輪廓那麼朦朧，水印子般渙散。這裡確是人間。炊煙斜逸，菜香滲透茫茫的霧靄。思緒愈飛愈遠，暮色漸走漸近，我來到門前。

六月十九日，觀音誕。山腳下的廟會人煙鼎沸，這兒卻冷冷清清。爬下山丘沒入小徑，繁華被遺落在後面。小祖母瘦癯的身影浮現。

祖父過世後，她一直過著半隱居的生活。家人自始至終無法接受祖父在花甲之年再娶的事實。鄰人暗地裡譏為臨老入花叢。最尷尬的莫過於表叔。小祖母長他兩年但個子纖細小巧，要體格魁梧如北極熊的表叔喊她阿媽，簡直如叫大人扮家家酒般難堪。

姑姑們一口咬定她覬覦祖父的家產。父親雖緘默，但也未曾和顏悅色主動與她交談。表哥表姐受了大人的影響，背地裡喊她狐狸精，見她走來遠遠地就很有默契地散開。唯有我愛纏著她問長道短、翻她的化妝匣，想探尋如白開水平淡的生活之外，一個可以滿足我好奇心的世界。

高聳的樹木間垂下深深的夜色，光線羸弱下去，整座山林像一部樂章，傳來幽幽的林唱。那來自層巒疊嶂的歌聲進入我心坎，把思緒牽引到縹緲的地方。穿過雨後的彩虹、聞到泥土馥郁和草木榮華的薰馨。然而這之中卻又有股悲哀隱隱浮動。也許人類的血液裡天生就遺傳了悲哀的因子，否則為什麼懵懂的童年，面對一瀉清輝，也會有欲淚的衝動。

吃過晚飯，弦月已東升。小祖母收拾碗盤，我的回憶卻因月的引力而漲潮。

祖父決定遷出住了多年的老屋時，曾引起軒然大波，小祖母更因此成為非議的罪魁禍首。傳說中的後母總有一雙不安分、瞟來瞟去、會蠱惑人的眼睛；小祖母卻常凝神遠望、沉鬱、淡定。可是一旦笑起來，卻又有雲開見月的明朗。她老愛說人與人的相契是緣，將無法改變的際遇歸諸命運。然而那簡單化的論調卻無法滿足我對生命的繁複詭譎之好奇。我總是嘗試抽絲剝繭的去分析、解釋。

喜歡小祖母完全是人地時促成的奇妙心理。

父親是獨子，上有六個姐姐的我必然是在爸媽極度失望之下無可奈何接受的事實。小弟出生後成了注意力集中的焦點，我便似四處遊蕩的野貓，任我上天下海，他們從不過問我的行蹤。小祖母對我的友善和關愛像根繩子繫住了我放羈的心。童話般的小屋正是我夢中的城堡，擁有現實所缺。我總是馳騁幻想的野馬，希望有一天脆響的蹄聲來自樹林深處，實現一則完美的童話；有時候期待攀滿蔦蘿的竹門會突然湧來一群咬詞不正、七嘴八舌的小矮人。被忽視的寂寞日子裡，曾渴望擁有所羅門王的指環，與飛禽走獸為友；也試著探索草木萌芽的消息、風和樹葉的密語、雲與水珠告別的依依、溪水與時間私奔的傳奇、花苞綻放的羞澀以及所有生命的祕密。成人的世界有太多的隱喻與曲折，不若大自然的坦白可親。

這確是一片遺世而獨立的夢土，是祖父和小祖母用一股對生活的信念，耐心踏實去實現的理想。

年輕時的祖父是典型的文人個性。南來繼承祖產成家生子後，與土地終日為伍的歲月讓他浪漫的個性變得務實，但對老莊的愛好卻與日俱增。大祖母過世時，他隱居的念頭如冰山顯影。小祖母的出現與不見諒於兒女，只不過更助長他落實一生的夢想的決心。

夜空一片白茫茫，水聲隱隱。當蟲鳴蛙噪低偃時，一陣陣潺潺便蕩啊蕩的淌向遠方。風起霧湧，雲層浮動。彷彿有一群精靈以水霧為佈景，用虹般優美的弧度歡舞。那抬頭舉手的伸展間，是對生命的讚美和致意，簡單而有力。

對於祖父的記憶僅止於他汗流浹背、赤著上身耘草種菜的背影，和叼根煙眺望遠山時若有所思的神情。可是我明白他是疼我的。逢年過節時總把姐姐們的雞腿夾到我碗裡。玩野了回家時，偶有一碗放涼的綠豆湯擱在碗櫥等著我。和小祖母搬到小屋後，另外一隻雞腿就順理成章夾到她碗裡。他自己笑呵呵夾了雞腳一直扒飯，喝了酒後黧黑的臉泛著可親的紅光。

祖父過世時，她出奇平靜的神情在葬禮上備受矚目，也因此滿足了製造茶餘飯後話題的好事者的心理。然而眼淚只屬於自怨自艾的人們，許多抽搐的肩膀和號啕與實際上的哀傷並不相符。小祖母的眼神只怕此生如胎記般永不磨滅——一切與她無涉、旁觀者冷眼看百態的冷漠。

靈堂的燭火搖曳，我遠遠地望著哀傷滅度之後的小祖母。她並不是聖人，只是對突來的橫逆或該走的歡愉都默默接受。那種逆來順受、理所當然的態度看似軟弱，實而堅強得近乎兇悍。

這才是有血有肉的童話，不是單純化的唯美，而是踩在艱酷的刀山上，仍能用微笑去謳歌生活的浪漫。生命被歷鍊、敲打著，如一條韌性十足的鋼索。

小祖母的聲音有點滄桑，但並不悲涼。往事忽忽如轉眼雲煙，於我不過如小說戲劇裡的情節，對於用全副生命投注其中的人，卻是欲尋不再的惆悵與茫然。

下弦月低懸山脊上方，暗藍的天空被月光拓出一圈橙黃。月華浮在霧中，宛如一床金黃的床單覆在沉睡的大地。橘紅的輝暈環環拱月，連遠處的雲朵也鑲了一層金線。風動月華洶湧，一時誤以為夕暉中的海浪湧向天際。暗香浮動，點點白茉莉在晚風中巍顫。翹首企望，太白星孤零零地泛著冷光。若在無星無月的晚上，只有花香襲人，小祖母心裡是否也會升起無法抑制的憂傷？

夜露漸寒，影子受了潮似地發脹，愈來愈長。小祖母挪了挪凳子，剛好移進參差的樹影裡。木芙蓉茶碗大的白花瓣如多縐褶的西班牙舞裙，映著淡淡的月光。蟲聲如浪，她卻像老僧入定般。

這華美的夜卻似有股摧人防禦能力的暗潮，一點一點瓦解心靈強力的武裝，令人有欲淚的哽咽。我們可以輕易解說葉子萌芽、季節遞嬗的道理。可是沒有人能夠圓滿的解釋，為何面對滿山蕭瑟的落葉時，一顆多感的心靈會泫然欲泣？

生命的歷程就這樣不斷在大地往復，風雨走後陽光盈溢，雲出岫、萬物蓬勃滋長，毫不起眼的灰黃泥土，蘊藏無法估計的生機，像此刻萬籟中深邃的寧靜，也許祖父和小祖母就因這股神祕的引力而不願離開這裡。

小祖母連續打了好幾個哈欠，仰望天色，低聲囑我早些上床，起身、入屋。月色愈來愈清，朗朗照著遠處的樹林。光和影在與風嬉戲，發出窸窸窣窣的笑聲，卻更顯得夜的寂靜。

大虎斑貓從茉莉花樹繞過來，輕輕摩挲我的腳踝，彷彿知道我在想什麼。我把牠攬入懷裡，渾圓的頭形多飽滿結實啊！牠在我懷裡沒多久便發出規律的鼻息，真像嬰兒呢！擦擦牠潤濕的鼻頭，癢意搔動了夢境，牠偏個頭，把爪子按在鼻側，又沉沉睡去。

夢土上開滿了黃色的野蒲公英。彩虹斜飛入雲鬢，雨的餘絮以肌膚無法感覺到的輕細飄落髮梢、衣裙。踩在雨中的腳步輕輕。沒有憂慮，即使是微微的嘆息。

模糊的晨光透進夢土，幾顆守夜的星星眨著渴睡的瞳睛。啟明星孤懸東方，意外地竟聽見第一聲蟬噪。今天必定是個晴朗的好日子。我翻下床，腳板觸到毛茸茸的一團，觸電似的又縮回，睡意全消。那隻大貓若無其事的伸個懶腰。我不禁失笑，是太久沒來這裡過夜了吧！我摸摸牠肥大的尾巴。蟬聲愈來愈熱鬧，有時一隻脫了隊似地噤聲，唧唧的合唱便改變了旋律。蟬聲中總有一隻叫得特別尖銳焦急，彷彿意識到生命的短促而迫不及待地宣洩自己的惶恐。

生命對抗死亡的方式千百種。記得校園那棵鳳凰木因枝椏倒向教堂而半邊被鋸掉時，竟然綠葉落盡僅剩半邊花開如火傘，只疑教室著火一般。那是對天地萬物一種壯烈的誓言，宣示自己仍有賁發無盡、不容摧毀的生命力。

屋前的馬櫻丹一樹金黃細細的花蕊粉屑灑了滿樹，清瘦卻遒勁有力的枝幹透露著不屈和頑強。嫺靜的黃花悄悄的開，不著痕跡的落，稀稀疏疏透著落寞。即使風雨來襲，依然不會全部掉盡，總會有好幾朵氣定神閒的傲立枝頭，和天地萬物一同欣賞日升月落。

午後的陽光炙熱得立意要把大地烤焦似地潑辣。小祖母發出一長串呼喚雞隻吃食的叫聲，在蟬的合奏中顯得有些突兀。蟬們惱怒似的叫得更激昂了。後面的泥地圍了鐵絲網，飼了一群土雞和幾隻番鴨。雞鴨搶食的模樣大相逕庭。鴨子總是餓鬼般把食物濺得四處亂飛，還很得意的把屁股翹得老高。雞隻卻一口一啄、斯文秀氣，儘管快動作，卻沒有鴨子的滑稽笨重感。

芒果樹新葉嗖嗖，結苞的香蕉像辦喜事掛起紅燈籠，預售著生命即將成熟的飽足。由青澀而金黃香甜的過程，像看著小嬰兒從會爬、長牙、巍巍顫顫學走路、口齒不清學語，充滿期待的喜悅。

返屋，卻見地上躺著一隻天牛，四腳朝天亂舞。小時候總愛用樹枝去撥弄牠。因牠慌亂的擺動足肢卻又翻轉不過來的狼狽而歡喜。此刻卻對牠充滿憐憫，生命將盡究竟是一種怎麼樣的恐懼啊！

搖搖頭，不願再想，一眼瞥見大花貓躺在已損壞的磅秤上，若有所思的凝神遠望。輕撫牠健康發亮的虎斑毛髮，望著漸西的日照，我竟有些怔忡。這裡沒有快速的新陳代謝和令人措手不及的突變，只保持緩慢的、必然的運轉，如小祖母十幾年來慢慢老去的容顏。

小屋有一個檀香木衣櫃，那是小祖母的記憶儲藏室：她父親遺留的煙盒、祖父在杭州買的扇子、繡著鴛鴦的手帕、水粉，最觸目驚心的莫過於一條一尺來長、編成麻花的辮子。十幾年的歲月依然洗不去那股柔和細膩的光澤。

目光不經意落在她那雙日日與青草雨露為伍的腳上。不著鞋時平放地上更顯得特別有力、帶勁。她就如同這裡的草木一般，在這片熟悉的土地上開花、結果，延續喜怒哀樂。

小祖母是幸福的。

我長長的嘆一口氣。她摸摸我的頭：「不要多想，到了美國寫信給我，妳阿爸好歹會叫人把信送來的。」這個青鳥不到的地方，確是與世隔絕的桃花源。即將離去，最牽絆我的，便是這片童年時心靈的避難所、完美的休憩地。

歸鳥掠過蒼穹。該來的終歸會來，該走的應也不必猶豫。生命的歷程循環往復，生生不息。明天，我也即將展翅，而這片濕暖的土地，我擁抱著，在山巔，在水涯。

夕陽從樹隙間撒出耀目的紅光。絳紫的雲霞滿天。穿過綿延的甘蔗田，就是未知的遠方。

我沒有喊過她老師

我沒有喊過她老師。儘管她比老師更像老師。說像，是她確曾盡教授之責。不稱老師，並非駭俗無禮。名字本為方便而取，稱號亦因定分之需，人間最美的情誼，不拘末節小禮。

初夏的日子，陽光改變了空氣的味道。新綠籬籬，嫩葉瘋狂的掙脫枝幹，抽芽生長。田螺揹著房子，攀在地瓜籐上，觸角一伸一縮，怡然自得的曬太陽。小辣椒由青澀而轉紅，榕樹下的苔蘚漸漸乾枯。當最後一場梅雨掩尾而逃，巷子裡冰水小販的鈴鐺，也愈搖愈響。

我和她的緣牽繫得很偶然。

期末成績一下掉了十名，飯桌上，情急心慌之下踹出一句：「因為好多同學都請了補習老師。」就這麼無心的一句話，戲劇性的插出一段看似而實凌越師生的情誼。

她是媽媽的小學同窗兼死黨。單身，在大學教授比較文學。蟄留加拿大多年，突思歸心。媽媽知悉，乾脆請她落腳我們家這個窮鄉僻壤，名為敘舊，實際上也順道給我找了個全天候的家教。

那年是高二的春天。也許是忽雨忽晴、捉摸不定的天氣，也許是生命來到了津渡，我常常陷入無法自拔的無常感裡，對未知和死亡充滿好奇，卻又因無法理解而焦慮。我厭惡生活的瑣碎、同學們俗不可耐的言行。許多人不停埋怨生活，卻又不得不重複度日。愈覺得人生無奈、矛盾、沒有意義，便對一切意態闌珊，日子便更灰暗。我像一片失去水分的葉子，逐漸暗淡、乾癟。

也許異常的沉默和出神的時間過於頻密，好幾次她欲語不語，彷彿在猶豫。她定然察覺了我的敏感、內向和固執。

初夏尚帶著春的和煦氣息。我鎖眉演算三角，答案卻一直迷失在綠葉和鳥聲的海洋裡。「解出來了嗎？」茶香和聲音相隨。我一驚，不知何時演算紙上躺了亂七八糟的圈圈，像一群沒人管的孩子。

她笑一笑，說：「休息喝杯茶吧！」揭開茶蓋，水汽氤氳繚繞，茶葉舒放，醺風送香，眉心也漸漸開展。「妳看！像茶葉般坦然，心裡不是什麼疙瘩都沒有了嗎？」

午蟬如濤，書房葉影斑駁、搖曳。她喚我過去隔壁房間，遞來一本《李商隱詩選》。隨手一翻，日光落在一首題為〈日日〉的七絕。反覆低誦「幾時心緒渾無事，得及游絲百尺長」，像觸動了什麼，心神恍惚。窗外天高雲卷，有些像詩的首二句「日日春光鬥春光，山城斜路杏花香」的景象，是邀人出遊的好天氣。

「怎麼被文字困住啦！書沒有讀透，倒走進知識的魔障裡了。別胡思亂想，來這兒近半個月，該帶我到附近走走吧！」

漫步鐵路旁，風在茅草間流竄，不時捉狹的撥弄我們的髮梢衣襬。「比妳小一、二歲，國三的時候，常有莫名的無助、茫然感。爸媽疼我，應付功課也不成問題，可是我總是若有所失。隨朋友到老人院、孤兒之家的次數漸多，我才發現自己如蠶作繭自縛。把生命侷限在小角落自傷自憐時，世界變小了，宇宙再美再好，也無法欣賞。妳念過《西遊記》吧？自設的界限如孫悟空頭上那環金箍，痛了自己，而世界依然。」

我的眼神和鐵路延向遙遠的前方，漫天掩來的芒花像無聲的海洋。「思考、探索是好事，可是有的疑問不是立即可解，年歲和生活經驗的累積，會自動把死結活絡。目前妳應該想想如何踏實的生活。」

天地朗朗，山巒尖拔，茅草平濤無垠，儼然一幅絕妙好文章。一棵老樹佇立火車站旁，滿地熟透的果子晶亮，色澤飽滿、油黃。果不可食，兩個巴掌大的葉片沾鹽生嚼，卻異常鮮嫩，透著原始的野香。

再次漫步鐵道旁，是期中考後的傍晚。急歸的鳥聲煨入燃燒的晚雲，日神回家的步伐愈走愈快。將暮未暮的氛圍總有一股令人沉靜的力量。淡月如鉤，考完試心情放鬆，步履也輕盈起來。

「古人用窺月、望月、玩月比喻人生不同階段的讀書境界。隙中窺月的張心齋，如果終日困在小問題上鑽牛角尖，無法清心靜觀，又如何能得玩月的樂趣？」她似乎洞悉我的緘默，見我不語，卻毫不介意。眼前給我講解文法時有條不紊的老師，忽而變成交心的朋友。

「明天是端午了。」她說。

除夕時市場的熱鬧浮現。似乎好久以前，過年時最期待的事情之一，就是抓緊媽媽的衣角，融到人群裡，化為市井聲浪的小水滴，彷彿佳節的氣息就是把年貨、新鮮蔬果、摩肩擦身的擁擠，通通倒進市場的大沸鍋裡熬煮出來的。

人間久違的熱鬧和熟悉的氣味，揉雜著兒時的記憶，像一股磁力，強烈、無法抗拒。我脫口而出：「那大清早我帶妳去市場好嗎？」

晨雞叱犢，曉霧在樹葉間棲息。菜市場的燈火已通明。嘈雜的買賣聲此起彼落。嵌在人潮的縫隙，便似為生活算計的主婦，竟然竊喜。

雞隻咯咯，籠裡和市場一樣水洩不通。肉攤上略黃的燈光把帶血的肉塊和內臟映得潤澤發亮，一副年豐物足景象。菜販總會隨手抓幾根蔥、丟兩條辣椒給顧客。「小惠小利其實可以視為人與人溝通的橋樑，也不必板起臉孔用大道理批判它，宛若殺生吞人的洪水猛獸。」

晨光中拎菜提肉併肩走，心神舒坦。世間萬象原來容許諸多詮釋，因各人心眼的寬窄而有不同。美醜本無唯一和絕對，眾生心念差異而已。

複習英文時粽香陣陣，蕩得我有些心不在焉，單字老是記顛倒。她闔起書本，指著柴房，「昨天花羅大母雞在頂層咯咯叫，上面或許有蛋可撿喔！」我精神一振，

「真的？」

果然有蛋。不只是一個，是一窩。「哎呀！這麼多。以前隔壁的黑貓還在這兒生過四胞胎呢？壁虎也愛在這裡下蛋。」一興奮，話便像活水。「雨季太潮濕，柴上會長青苔、蕈類。久不翻動，還會藏蜈蚣、小蛇哦！」她點點頭，望著傍柴房而長的人參果。低椏處結實纍纍，果端尖刺已變短，摘下放入米缸，不出三天就會變軟、透香。

兩人各兜一懷沉甸甸的果實欲打後門入屋，眼角不經意一瞄，老天！一隻黑毛老山羊正大剌剌踩在我最愛吃的地瓜葉上，嚼得津津有味，兩排新葉近乎啃光。氣急敗壞衝到牠身旁，我卻遲疑了。

那雙眼神如斯溫馴，絲毫沒有戒心，對人一點也不設防。羊和人同樣有口腹之慾。地瓜葉對牠的誘惑，一如人參果之於我。人能摘果，羊亦可食葉。果葉同為大自然的恩賜，人羊俱有果腹之需。我找不到理由驅逐牠。

當天的日記，我留下簡單的一行字：「心窗開向乾坤。日子變得明朗。不再輕易陷入憂鬱、睹物感傷。事情放在心上，就像愈積愈厚的落葉，會潮腐、發霉。仍然沉思，卻知道在無法轉折時，讓疑惑等一等。」

她鼓勵我創作。

「嘗試用文字化解內心的起伏。思緒透過筆尖化成文字的過程，會令自己更清楚要尋找什麼。」頓一頓，她望著我，似乎在尋思，隨而翻出兩本散文，一套漫畫。「這是我最愛的書，總是隨身帶著。《護生畫集》的作者，是最懂生命的人。」

高二的暑假幾乎天天返校。考試的魔爪無所不入。潛意識卻有一股成形的力量，鼓動我的思想、文字，去追溯生活的寶藏。護生畫頁都是再平凡不過的生活記錄，平易貼心，如與友人話家常。尤其那幅「冬日的同樂」，爺爺孫子、貓狗雞鴨同在宅子前的溫馨畫面，不斷勾起那段和爺爺奶奶共度的恬靜歲月。

一個開蓋的魚罐頭、一把開罐器，對飲食眾生而言，一點也不起眼，寫著「開棺」二字，驚心怵目，然而又讓人因世間存著一顆悲憫的心和一雙慧眼而歡喜。

不再安於日記式的自我剖白、欣賞。當首篇文章羞澀的在副刊綻放，我竟然忘情的捉緊她的手搖晃、跳躍。「這才是妳的本來面目嘛！不要用繩子把自己五花大綁，籠裡的鳥兒都嚮往海闊天空，妳卻自我囚困，違反自然之道哦！」

飯後散步漸成習慣。黃昏是段神祕的時光，極不真實，又十分人間。一切都在瞬間幻化：色彩、景物、影子，甚而心情也隨光影流離，宛如無常的人生，歡樂或悲傷都是乍現的光景。她卻說人得以與天地並列，就在於能自無常中尋找永恆。未幾又嘆了一口氣，「妳這個孩子太早熟了，人生這條路，只怕要比別人走得更艱辛。」一時萬籟和鳴，宇宙無聲，似乎都在見證她的預言。

人煙漸稀，我們愈走愈遠，不覺行到那間香燭味極濃的舊屋前，空曠的院落，空蕩蕩的房子，襯得那個老婆婆吃飯的場面更冷清。據媽媽說她未全聾時，從菜圃回家，總要繞來抱我，帶一把鮮嫩的青菜。嬰兒時期的我極認生，卻獨不怕她，還常給逗得咭咭笑個不停，比吃飽喝足時還樂。如今她的世界僅餘光影色彩，少了口舌之非，聲音絕滅的生活，究竟是單純還是苦悶？

我們從小徑走入黑夜。怯生生問起她的事，覺得突兀，卻又好奇。「妳眼中所謂的平凡，就是幸福。我羨慕妳媽媽。」黑暗中看不到她的表情，語調倒是平緩，忽然她話鋒一轉，「要是有個孩子陪老婆婆吃飯，就不會那麼悽慘了。」

「單身也好，自由。否則我也不能無牽無掛在妳家住上個把兩個月。」

「這裡真好，風涼水冷，好得日子溜走、年華老去也不覺得惋惜。妳天生是搖筆桿的料，用心把生活這部大書讀透、讀懂，不要再沉溺於無謂的探索。」

夜色黑而清，雲淡星明。有股情緒牽動，我想喚她，又不知如何開口。原來世間有一種情分，不落言詮，就像夫妻不呼其名。卻「喂！喂！」叫得比陌生人還疏遠。我們之間，應該也是這樣具師生名分，卻不必稱呼的情緣，空氣般自由、互遠。

迴音谷

路在奔跑，山撤退。山外有山，天光在山巔徘徊。

窗外的樹林排山倒海。山徑如蛟，在綠洋雲海間翻騰隱埋。這樣的景象十分熟悉，千百年來不斷在文字與墨彩之間運轉變化，一旦落實，卻又似夢幻與現實重疊，讓人疑幻疑真起來。

深山莽林原本是神話和故事的子宮。此刻，我正在尋找的旅途中。老人與狗、木屋與山羊，那是孤絕的意象、童話的素描，靜靜的鑲嵌在山與山的指縫間，她名為迴音谷的家園。此刻她卻十分沉默篤定，遠眺高山白雲。

群山的線條剛毅嶙峋。在山野長大的人也一樣挺拔、軒昂和不羈。令人費解的是，她的眼神如兩把利劍，冰冷不帶感情。初與她同室共處，摸不著她的脾氣，是在那個新春舞會狂歡夜、宿舍獨留我倆共守空房的晚上，意外的發現她剛強背後糾結的悲傷。

「從我懂事開始，怨懟就像胎記一般附在身上，我恨死了，小小的心靈不平衡。落雨天，同學都為爸爸媽媽會打傘駕車來帶他們而興奮。我每次打從課室的門口望見一雙褲管高捲的赤足，急急踩過校園的積水而來，心裡總是一沉。故意慢吞吞收拾、拖到最後一個，還是讓同學撞見，說阿公真疼妳。我咬牙忍聲。後來知道是我父親，笑我，他當祖父倒更合適。」

她熄燈。「事實上，」黑暗中她飄著靠近床，「他是我養父。我應該感激，他很疼我。該怨的是那對遺棄我的父母。」

「妳後來沒有再見過他們？」

「沒有，也不想。他們生下我，就像吐顆核籽在地上，發芽或死亡全看我的造化。上天垂憫我，讓我活下來，又給我一片仙境一樣的地方。也許是補償吧！總之我要活得理直氣壯，比任何人更堅強。」

黑暗中，那低抑的聲音沉著堅韌，像一頭擇人而噬的獸。忽然我手上一沉，她從斜對角拋來一顆芭樂，我幾乎從椅子蹦的躍起，不由得輕叫一聲。那把烏黑的長髮背對我，月光下瀏亮。

她口中的仙境就是迴音谷。

述及那兒的山川草木，她的銳角軟化，眼神不再下霜。五月的校園如一座熱鬧的小城，綠在撒野，陽光不再東躲西藏，大大方方的亮相。麻雀愈叫愈響，鳳凰花也長了無數豔紅的翅膀，急著要飛到那遙遠的地方。我決定造訪她的故鄉。

顛簸轉緩，地勢似乎漸趨平坦，人如乘舟御風，恍惚間車止、聲靜。車窗外的老人白髯迎風，他身旁那隻灰黑山羊彎角如弓，年紀和他相當。老人不動，衣袂飄然。腳下的忘憂花開成海。

她彎腰摘下一朵，我正想湊近，忽的一個踉蹌往前傾，左肩被猛的一拍，「到了！」她輕身一躍，腳跟著地，啪的一聲脆響，像和久違的土地擊掌相見。

隨著一陣窸窣、幾聲犬吠，竹林鑽出一隻龐然大物。我傻了眼，這是狗？外貌毛色的確像到處都可見的土狗，體型卻魁梧得令人倒吸一口氣。更荒謬的是，牠叫「狗仔」──「打從小不點兒起就這麼喊，改不了口。」

如此身段竟叫得比我家玲瓏的博美狗莉莉還小巧，小姐脾氣的她若知曉，必會繞廳一陣亂轉，冷不防在沙發撒泡尿，再一屁股坐上去，等人幫她洗澡，以示抗議。

大黃狗汪汪叫得起勁，在她身邊猛跳，身子舉得老高，大長尾巴像鞦韆般左右直搖。牠顯然十分興奮，樂得團團轉，似乎有點兒不知所措。

「狗仔除了會趕羊，最拿手的看家本領是捉老鼠。」狗拿耗子？我想像一隻可憐兮兮的小老鼠被牠沒命追趕的滑稽畫面。牠也偏頭瞪我，十分迷惑。原來狗也有如斯多變的表情。那狗思不思考？牠是否也企圖從我的神情捕捉些蛛絲馬跡？沒料到群山處處，與我相看兩不厭的竟是一隻狗！揉一揉牠的大耳，牠吠兩聲，有些莫名其妙。

迂迴的小徑竹擇遍地，或捲或舒，像放肆的野娃，竹篁裡的黃鳥叫得真響。穿過小橋，淺淺的水溝有一群顫呀顫的小蝌蚪，蘿菜都老得開了白花。陽光在水裡泛鱗，路旁的非洲鳳仙和馬櫻丹開得真盡興，野性的生氣混合著清香，飄散蒸發。

她專心的走路，任性的馬尾像好動的小蛇，布鞋結實的踩在泥地上，我想起那個微雨過後的黃昏，在校園的後門。她若無其事的語調像在敘述一件與己無關的故事。

「那對夫妻像丟垃圾一樣，把我放在養父每日必經之路。如果落場大雨，或者養父一時看走眼，我就像不曾來過。」高中時她小心掩飾得很好的身世洩露，強烈的自尊心幾乎驅使她終結如花初綻的生命，甚至連步驟過程都設計妥當。

她閒蕩了一日，最終仍然在暮色四闔中回到小屋。屋裡暖香四溢，兩個紅心地瓜胖嘟嘟的冒煙，養父笑喚她趁熱吃，一切都沒有改變。熟悉的香味和溫度令她覺得人間的美好和值得眷戀。

小徑就在寬敞的院子前打住。瓜架上儘是細細的黃花，地上蔥綠多毛的葉叢裡一個橢圓碩大的冬瓜，像襁褓的小娃娃。忽然石破天驚一怪嗥，屋簷下一隻白馬忽東忽西的踱步，十足靜不下心來的毛躁小伙子。

後院忽聞人聲。

「回來啦！有一畦地瓜日子夠了，正好等妳們回來烤。我到鎮上辦點貨，買兩瓶酒。」那是一張典型靠土地和天候過活的臉，深溝的皺紋、老人斑，就像被風吹雨打，斑駁的牆。呵呵的笑聲是大自然陶鎔出來的恢宏和開朗。

山谷的黃昏來得突然。不經意探個頭，晚霞已燒天。淡淡的水霧遊走，雲朵以天地為祭壇，把華美的生命獻給想睡的水田，和大地最忠心的腳印；讓覓食的鳥兒辨得歸巢的方向，為趕路的人作最後的導航。

蝙蝠開始出沒，囂張的從我們頭上，面前不滿一尺處呼嘯而過。最後一抹色彩沉淪，天氣忽寒。山谷的溫差如此懸殊。螢火蟲提燈巡邏，竟有一隻迷糊的小傢伙在我髮梢降落。

小屋的燈火孤明。我停下腳步凝望，心中漲滿無法言喻的感動。我們無法揣測未來，也不能向神預知時光，更不知道下一刻快樂或悲傷，然而此刻有人守著一屋溫暖的燈火，等候未歸的人，這就是實在而完滿的幸福。

老人在躺椅上打盹，黃狗乖巧的倚靠其側，只對我們搖尾巴，示意勿驚擾疲累的老主人。然而他還是醒了，憨厚和藹的笑容，令我想起《邊城》那個老實的擺渡人。

「老囉！鋤個地，跑一趟小鎮就支持不住。」說著站起來，「餓了吧！吃些菜墊肚子，晚點烤地瓜。」

老人喝酒，邊說閒話。她有一搭沒一搭的應答，小孩般報告學校的瑣事。他興致很好，臉膛泛紅，直要我們陪他喝一杯。這個曾經在戰場上衝鋒陷陣，流落街頭、補鞋打鐵的老人，歲月取走他豐沛的體力和青春，卻絲毫未減損樂觀開朗的童心。

「她小時候真難纏，刁得很，又愛偷喝我的酒。不過日子還是平平穩穩的打發過去了。大雨天去接她，硬是不肯，嫌我醜哇！要是換個漂亮的小伙子，怕早就把著人家的臂彎，大大方方的上路了。」她斜瞪老人一眼，嘴巴嘟得老高，直嚷：「再說再說，地瓜熟了沒你的份。」老人顧左右而言他。我仰首，一口酒溜喉，肚裡炸雷般轟然，全身熱透。

夜深天氣愈寒，她回到自己的窩，轉個身就沒了聲息。我躺下，填綠豆殼的枕頭一摩擦就吱吱喳喳，粗布的枕頭套漿得硬挺，是只有老式人家才用的傳統洗法。

老人開玩笑的神情猶在目前。生活教給他淡然和豁達的智慧，不似年輕任性的她，孤傲的外表僅是一層掩飾傷口的痂。「我很少掉淚，除非和養父鬥嘴嘔氣。自知理虧卻從不認輸。他大而化之，我責怪自己又埋怨命運，要悶上好幾天。也許，認了命會好過一點，要肯低個頭，就不會活得那麼艱難。」

我真的不了解她，思緒如此複雜。倒是看透人世的老人，我羨慕他。鎮日長閒，管山管水，聽犬吠羊咩，蟲聲迴旋。如此人生，也了無遺憾吧！

「車走車道，馬行馬路，各有走法。有人愛大魚大肉，也有人喜歡青菜豆腐。這個世界要這樣才有意思。這裡清靜，好地方啊！丫頭還年輕，讓她去外頭見見世面，磨練一下。她那個脾氣，哎呀！燙！」

她二話不說，丟個滾熱的地瓜過去。老人當火球般在左右手拋來拋去，一面苦笑說：「接了燙手，扔了又怕小姐生氣。那個倒楣的傢伙娶了妳，就像接了這個燙手的東西。」她濃眉一揚，頗不以為然。

意識逐漸模糊，然而似乎方閉眼不久，便聞雞啼。睜開酸澀的眼皮，曙光在窗外喚我，雀鳥激烈舌戰，草葉泥土混著露水的清涼從窗簾竄入。

輕手輕腳下床，掬了一把黑陶缸裡的儲水，冷徹肌骨。有霧。這倚山濱水的木屋，靈秀得不食人間煙火。不遠處的圈欄有羊賴床。羊欄與木屋間是菜田，細矮竹籬笆密密圍了一圈。茄子瘦伶伶、吃不飽一般，倒是辣椒俏皮潑辣，油紅發亮。都說人生如夢，轉瞬了無蹤影，這裡卻安寧得以為時間從來不曾流動。

屋簷下的黃狗抖抖身上的毛，像要把殘餘的夢屑抖掉，然後弓身，再長長的伸個懶腰，慢條斯理踱到水池啜水兩口，人似的望著林子出神。池裡兩隻巴掌大的小烏龜疊起羅漢，立在磊石上，等待未露臉的太陽。上面的那隻得意的伸出兩隻後腳，小小的頭顱高抬。

大鳥又開始吊嗓門，嘎嘎越喊越起勁。老人宏亮愉快的聲音如鑼：「這麼早啊！屋裡有早飯，丫頭醒了，讓她帶妳去後山玩。」說著騎上鐵馬，沒入濃霧中。

後山的水塘四周是半人高的雜草野樹。薑花似雪，密密麻麻。花蹤雲影重疊，水裡也開滿白花。我們在水塘邊坐看雲起，朝霞變化。伸腳探水，水草在腳趾間穿梭。不知是否有饞嘴的小魚，誤把腳趾當餌，偷偷吮吸一下？

「養父從來不罵我，我卻三天兩頭挑件小事去鬧他。也不為什麼，就是胸口有一股悶氣憋著，怒他恰巧要在那個時間路過，又收養了我。我沒有辦法挖掉心裡不平的疙瘩。」她望著池塘，又看看我。「鬧脾氣的時候，他千方百計哄我。想想看，一個幹粗活的大男人，費盡心思逗樂一個原與自己毫不相干的小女孩，小丑似的。現在回想，覺得自己不懂事，近乎殘忍。然而，十分幸福。」

兩人相對無語。語言是最兇狠，也頂笨拙的工具。它傷人不留血跡，需要它時，又使不上力。

山色詳靜，似老人的慈顏。風和樹葉嬉戲，白雲懶臥青天。有鷹盤旋，在遼闊而空寂的蒼穹。無論牠飛得再高再遠，總有一個溫暖的巢，等待著翱翔的翅膀，在美麗的山林間。

河宴

我就這樣在河邊住下來了。小小的聚落濃密的樹木，這是一個陌生的國度。空氣吸收了水氣和草葉的淡香，瀰漫著薄荷的清涼。時間過得極慢，每分鐘都黏手黏腳的，像節拍過緩的音樂。沒有人問我來自何方，尋找什麼。他們缺少人性追根究底的好奇因子。於是我像一顆疲倦的塵埃，悄悄降落。

屋主是獨居守寡的老婦，和善、沉默，似一塊泡在歲月裡的活化石。嚴重的重聽使她嘴角一直懸著謙和的微笑，像為無法與人順利溝通而抱歉著。

正門一方褪紅的「春」字倒掛，每一天都過年似的。一對門神也永遠不肯退堂，說什麼也要守著破舊的老窩。鼠輩不時出沒，也許是走廊貼的「老鼠嫁女」年畫作祟，牠們便也子子孫孫永久保用，瓜瓞綿綿的繁生。

這是一片安靜的土地。

夜晚對面的那座山側身入睡，懷抱一大疊聚落從不輕易流傳的祕密。流水像壯士低啞的喉音，無人能解的符咒，承載聚落人事的興盛和沒落。沒有人的故事，河不過是個地理名詞，當人們因它而牽動了生命的繩索，它便也懂得悲歡離合。

這河的相貌十分奇特，大概是瞌睡蟲趁老天爺動工時和祂開玩笑，把原是筆直修長的身段橫腰一轉，彎成彆扭的傢伙。上半段的水流很湍急，那是莽漢呼天喝地的命令，強狠、有力，不容違逆。到了下游，它的氣焰弱了，像曾經馳騁沙場，殺人不眨眼的遲暮將軍。

河總讓我想起女媧。她母性的創造使莽荒的地球復活，不毛的野地開花，適足以令乾癟的枯枝冒芽。那微佝的身影在河畔獨坐，河水與泥土揉成她的理想。那投入而專注的模樣，宛然狂熱的藝術家。當活蹦亂跳的生命從她粗糙的雙手成形，緊閉的嘴角不自覺綻開笑花。太陽都疲累了，她還興致勃勃的請它再照明一下，淋漓旺盛的生命力，像永不停流的河。

當我腳步蹣跚、臉上積滿旅次的倦怠，如長途跋涉的苦行僧般來到聚落的交叉口時，榕樹下群集的老人正人手一把蒲葵扇，慷慨放言。下棋的倒氣定神閒，江山只在舉手之間。人生的許多決定，也不過是意念電光之閃，輕重衡量常是偶然。一如我短暫的停駐，完全是本能的直覺，和五臟如焚的神農氏嚼了芬芳的綠葉而得救，不期然結下的茶緣一般。

疲憊換來一夜好睡。大清早雀鳥們在樹上婉轉相告，村子添了一雙陌生的行腳。我帶著不速之客的心虛下床，一大蓬軟枝黃蟬棲在窗框，好奇的探望。桔子花香似有若無，和鼻子捉迷藏。老母雞領著一群不安分的小雞東啄西走，陽光輕淺得沒有重量。

水聲在不知名的地方，用靈動的顫音，輕輕對我招喚。穿過蓊鬱的樹叢，落葉的吁嘆驚動鳥群，紛紛撲翅飛起。走著走著，恍然這是一條通往外婆家的小路。然而童年的甜美就像不耐舔的棉花糖，唇齒留香間，便忽已長大。

樹葉一陣騷動，我心裡一沉。陰黝黝的幢幢樹影把魑魅的想像都具體化。我不動，那方也無聲。空氣凝滯、緊繃。一張人臉忽然顯現，彼此一照面，都讀出對方心裡有鬼。也不說破。散後，她一定覺得自己的鬼膽子大點，臉皮厚些。因為我也這麼安慰自己心裡的那位。

前方天光兜頭攬下，恰好籠罩一幢低矮的房舍。房子空了，野籐像在寫狂草。屋後一片花海，倒襯得一切不太真實，童話起來。然而這似乎又是大化不變的規律——最美的，總是隱藏在不為人知的角落。房子左邊的蓮霧樹下遍地爛熟的果實，一棵薔薇爆米花般，開得忘了自己身在何處。

回過神來，又聽到水聲喚我，像媽媽尋找玩野了的孩子。我卻決定出軌一下——岔入右邊的林蔭小徑，跟隨一串陌生而神祕的聲音前進。

老樹粗壯的板根像專收買路錢的山賊，強橫的堵霸去路。樹下一人字形的裂口，土地公穩當地坐守這人跡罕至之處。祂孤獨的身影有些落寞，顯然久已不食人間煙火。

樹背隱約有細微的聲響。一窩新生命正待啟航。最先探頭的小雞甫從湯裡爬上來般狼狽。母雞不時去啄剩下的半個蛋殼。風在午睡，鳥鳴把幽林叫得更深靜。土地公倒真會隨遇而安，人類對祂不理也不睬，祂卻自願變成小雞的守護神，好歹不閒著。

小路愈來愈滑，青苔的爪牙處處，似在檢視行者步履的紮實和耐力。探險的心情漸濃，未知如陌生的星球，閃著捉狹誘惑的目光。

只是一間平凡的頹廟。燻黑的神像和陰暗的氛圍粉碎好奇和揣想。兩隻松鼠奔上樹，再神氣的打量我一眼，大尾巴一晃，消失在林葉間，我的探險，便也劃上句點。

聚落的夜晚是一部詭異的樂章，引得古怪的念頭和不合理的畫面不斷飛翔。手上的書冊無法導引思路，偶爾一片落葉飄下，宛如青衣童子偷看老藥師的家傳祕笈。坐在想像和現實的交界，時間流動，卻並不存在；桔子樹影搖曳可識，實而虛幻，如曾經存在，如今已逝的童騃。

鄉下的孩子，腦袋不知道裝了多少成人猜不透的怪事。我從來不曾懷疑鬼在關公廟前打架、神明偷吃東西、影子獨自行走這些流傳在孩子們口中的事情。潘彼得心態一直伴我走入成人世界，好奇的心理讓我始終不安於蟄居，所以我熱愛旅行、嚮往未知，像小時候巴望早餐那顆白水煮蛋出現兩個蛋黃，使平淡的生活添加意外的驚喜。

讀書不難。然而生活這冊大書，卻是怎麼也讀不破。那時代的孩子不時興多問，我在疑惑和幻想中學會替各種現象詮釋，學女媧命名日月山川；也極少呼朋引伴，生活的樂趣都是雞毛蒜皮的小事。

最喜歡看母親把地板洗得乾淨煥然，還因此愛上明澈的水和沒有雲影的藍天。我收集一切透明的小玩意兒，譬如玻璃彈珠。那是孩子們的遊戲工具，我卻當寶貝般收集。陽光軟綿綿的早晨，把它們一字兒排開，細觀鑲嵌在裡面的每一道色彩承載陽光之後的晶瑩。那是一個沒有瑕疵和黑暗的世界，明亮的童年……。

翌晨醒來，氛圍有些異樣。不聞斬釘截鐵、飽滿高亢的雞啼，卻見鳥群低飛，螞蟻出洞，雷聲一陣猛似一陣，炸得天崩地裂；眼見豪雨將至，不料猛風硬把烏雲直往天那邊捲去，這端剎時放晴。

老婦人難得主動攀談，遊說我去廟會玩兒。我點頭，盤算走段遠路，先逛逛鎮上的兩排住宅。

小街就在樸陋的房屋間築起人生的樣版。每家的大廳都免不了祖先的遺像和神龕。拐過一家紮冥器、出租花轎的鋪子，只見白面無常、藍面魔鬼、魚龍和金童玉女都已貼金敷粉，彷彿隨時準備上路。凡生之所在都無法逃避死亡，無論豪富顯貴，抑或貧乏困頓的窮壤。

大廟前的吆喝笑鬧有種死魚翻生的突兀，一反村落慣有的沉寂。臨時搭建的戲臺腳下，看熱鬧和做生意的人潮河水般流動。臺上的木偶扮演著人間喜怒，觀眾的表情卻更富變化，臺上臺下都是如假包換的人生。他們看戲，我看人。

身旁一株籐蔓纏繞早已枯乾的枝椏，它有一種不合時宜的固執，一心一意只顧長芽吐綠。老人家常說憨人自有天佑、傻人有傻福，這株籐蔓持的也是這樣樂天知命的生活態度吧！那片花海沒有華廈的陪襯，然而清風明月自會來相伴，倒落得更自在；沒有人供奉的土地公，卻有生氣活潑，孫子般的小雞終日纏著祂老人家啁啾不斷，一點也不寂寞。

落不成雨的天氣，燜出了揮散不去的鬱熱。老黑狗哈舌直喘。結伴而來的老者揮汗不迭，對往回走的我投以詢問的目光。那意思轉換過來就是：前面好戲正上場，還有什麼比這更有趣的？

一聲清脆的鳥囀劃空，正好替我註腳。

人間繁華的請柬處處，不如赴一場難得的野宴，聽一回水的演奏吧！

白茫茫的蘆葦向我招呼，遠遠的見一散髮女子面河而坐。她旁邊擱個粗糙的手工白泥碗，滿盛紅豔豔的相思子。我趨近，她也不理我，兩腳不停的踢水，直打得水花四濺，衣服半濕。大概這就是屋主所說的那個四處遊蕩，智商不足的女子吧！

河畔半塌的草寮裡，泥土枯枝攪混出一股霉味。陶瓷碎片、竹枝、鉛筆頭和玻璃瓶子半埋在泥裡。這兒必然曾是孩子們遊戲的場地，而今笑聲不再，空留水聲潺潺。轉頭再尋那女子，她也了無蹤影，只有水滴精神煥發的辯論。當人們被生活和情緒五花大綁時，這條河仍興致昂揚的高歌，與白雲擊掌，和雨水歡談。

細碎的腳步聲在身邊停下，我沒有抬頭，卻感到一雙好奇的眼神向我逼來。然後黝黑細瘦的腳丫出現，他蹲下，眼神和善、羞澀，手上緊握一把白芒花，是個道地的鄉下孩子。

我不禁疑惑。這個落單的小娃兒和我一般，跑來安靜的河邊做什麼。他顯然有嚴重的口吃，一句話結結巴巴，老是重複。然而人間真正的交談並不在內容的多寡，他簡單而誠懇的回答令人愉悅。然後他邀請我同行，毫不猶豫的我尾隨他行入那條蛇般的小徑。

行了一程我終於告訴他，數日前這裡曾是我足跡所至。他頓時洩了氣，神色一黯。隔了一會兒，他小聲的問：「還……有小……貓？」我搖頭。他復又興奮起來，牽我的手飛奔，似乎去晚了那窩寶貝會逃跑。

果然，四隻小貓互咬尾巴，正玩得不可開交，團團轉成毛線球。他輕撫小東西的手勢像喜獲麟兒的爸爸。上回心緒紛雜，錯過人間至美的一幅畫，這番失而復得，我眼睛盯著，守財奴細數元寶般，忘記了眨。

而同時，我如釋重負。

跋涉本為一股莫名的意念所驅動，像在尋找，又似求擺脫。此刻，孩子清澈的眸子和窗外的繁花，給了我解答。灰黑的母貓回來，瘦削的身子儘繞著他摩挲，對他只有全然的信賴，沒有戒心隔閡。

黃昏的天空如一尾紅鱗閃爍的鯉魚。孩子又來了，從窗口遞進沉甸甸的包裹。拆開層層報紙，無數的相思子對我微笑，兩個拙樸的白泥碗與河邊那個女子的相似。我驚喜、不解，卻無意探究。語言對他只是折磨，他只要直接而不必修飾的表達。

我簡單道謝，目送他歸去。有一個聲音在心裡響起：明晨，他晶亮的雙眸還會再來尋找。

而明天，我決定敞開窗戶，讓一隻空的白陶碗，等他。不留片言。

靈媒

有人未露面，就已利用傳聞佈置好基地、聳立了威望。描述者煞有其事，如見真神，把被描述的那位誇張成半神半人。神嘛！無所不知，掌管眾生禍福、生死；至於另一半人的屬性呢！就是要吃、也要喝，而且還得比一般人更講究些。這些條件都不短，於是敬畏便都哈巴狗似的趴下。人們經過小丘，都不自覺的對深宅大院裡，見首不見尾的那位，投下意味深長的瞭望。

一家四口正埋首於小山也似的家具堆中，便有鄰居過來搭訕。寒暄名姓，問過來處，對方開始賣弄自己老住戶的學問，工筆一般把地理人情鉅細靡遺描繪一番。焦點最後落在本地最神祕的土產，對方所謂「很靈的」——那位半神半人的靈媒身上。

根據鄰人太史之筆的結論，舉凡妖魔鬼怪、小孩驚風、求財算命、消災去厄，這位半仙最在行。母親唯唯諾諾，分不清是搪塞還是感激。不過聲音顯然添了點重量，似乎為孩子的平安投了保險般心安。

都是因為我。

愛開玩笑的叔公老說我身上陰氣重，因為我出生的時辰正當陰陽二氣交合，最易招惹不淨之物、多災、難養。

聽說我出生的過程順利得不能再順利，順利得連醫生護士都顯得多餘。不過打從我用腳走路起，老是血光之災不斷，大病小病平常得跟吃飯一般。連出個麻疹也比別人費事，還得打點滴。哥哥感冒咳嗽，喝點枇杷膏睡場覺，不出兩天就老虎般生猛。我卻又吐又瀉近乎休克不算，拖拖拉拉個把月，讓大人一併陪著我乾耗。他們捧著我這個易碎的瓷陶，活得戰戰兢兢，心力交瘁。不時搜羅古藥祕方，求觀音拜菩薩。若把我喝過戴過的符紙羅列開來，足足可開一個別開生面的展覽。

爸媽向來堅信中西合一。所以從小和病拜把，我早練就了把五顏六色的西藥丸當糖吞的本事。至於多得餅乾盒也裝不完的符，可是花錢也買不到的寶貝。這次搬家，我全都帶上了。

新環境新鮮事一大籮筐。我最好奇的還是「很靈的」。閒著我總是一面把玩自己的收藏，一遍又一遍的勾勒她的長相：奇大的眼窩深陷，雙頰乾癟，神情陰慘慘的，像隔壁那隻見人轉身就露紅臀的猴子。她臉上的皺紋深嵌，常常和鬼神打交道、鬥心機的緣故。

陰間的那方擺平之後，又得計算如何讓陽間的心甘情願掏出亮晃晃的金銀，雙手捧上。長期這麼處心積慮，所以她早忘記笑容這碼事。嗯！還有，她的手指細長，骨節突出，因為常常收錢、畫符，和大腦同是身體使用過度、賴以生活的最重要部位。

大人卻熱衷於她的「靈驗」。聽說她招魂的功力十分到家。地府鬼眾龐雜，慓莽大漢與二八姑娘生辰八字吻合的也不少，她卻有本事上天入地，半點不差的尋來和人世的家屬相敘。

「聲調神情都像極，問她生前家事也毫不含糊，不就是死去多年的嫂子還有誰？」說者言之鑿鑿，且滿懷感激。也有人請張三卻叫錯李四，話頭天南地北搭不上線，「很靈的」汗流如泉，還費盡力氣把上身的冤魂領歸陰世。更有尋他千百度不獲，免收車馬費，還捎來「他表現良好，閻王准假讓他外出旅行去」的消息。

我竊笑。分明騙人詐財，還強自編派。十四歲不滿、大人口中所謂吃飯比他們吃鹽少的毛頭，乍聽就看透她的伎倆。這些吃鹽多的人敢情是被過剩的鹽巴堵塞了腦袋？

光怪陸離的奇聞在入夜後卻挺唬人的，似乎四處森森簇擁著遊魂，都來共聆現代聊齋。我摸摸胸前打從四歲就一起生活的白玉觀音。奶奶說這玩意兒護身最靈，且心想事成。可我從來要啥沒啥，想來是誑我的。

好奇足可殺死一隻貓。我無法滿足、日漸高漲卻得壓抑的好奇，也一樣遲早把我悶斃。

我決定救活自己。

那天我把兩隻不滿兩個月的貓咪塞進哥哥洗得發白的牛仔褲。牠們在褲管裡打滾、撕咬，玩得昏天暗地，不時發出嗚嗚、玩瘋了的喉音。急著出門的哥哥發現時，早已惹得一身貓毛貓騷，惡狠狠的把我狗血淋頭痛罵一頓。

我悶悶地掉頭外出。夕陽紅綢子般裹在身上，落入竹林幽深的腹地，渲染一地腥暗的血紅。晚霞一片片地沿著馬路鋪散開去，遠處無數飛鳥急歸。白玉觀音輕輕在胸口晃蕩，晚風很緊張，靈媒的房子是強大的磁場。鄰人誇大的口氣像描述一位無所不能的神。敬佩的、可笑的神情在腦海跑馬燈。她們的諂媚漸漸剩下一句：「很靈的。」

很靈的人就在眼前。

直覺告訴我，她是。

全然在我貧血的想像之外。她齜露獵人逮到獵物的自得笑容。一口森白、銳利的牙齒似匕首朝我投來。她壯碩、剛強，如矗立的黑熊。不動，冰雕一般，沒有人氣，更沒有女人氣。死魚眼定定的盯得人膽寒。

我想逃。只覺得血液倒流，骨頭酥軟。逐漸濃稠的暮色是盛開的噬人花，我們是兩隻對峙的獸，為一股不明的敵意。良久，她轉身、離去，慢慢與暮色溶為一體。

忘記怎麼摸回家的。總之是靠自己的兩條腿，不外跑或走，遊魂一般在家人的焦慮中抵達。

坐在明亮的廳堂，驚懼未定，腦子還是一片玄黑，一線蒼白。黑的是夜，白的是夜吐出來的牙，以及從白裡迸出的冷笑——要脅、嘲弄，帶著腐敗的氣息。

與一個陌生人的偶遇竟令我驚嚇至此，爸媽簡直莫名其妙。那笑容不就是大人對小孩的善意招呼，何來無中生有的邪魔。就是頭腦不乾淨，塞滿髒念頭才老是生病。

我不作聲。有些心虛。的確沒有強壯的證據。小丘上的房子燈火通明，亮得理直氣壯。倒像是我撒謊掩飾自己的怯懦。

我細想當時逼人瘋狂的恐慌。從小就怕黑，睡覺必開盞小燈陪，是夜色助長了心魔的滋長。揪出了疑團的線頭，我仍不滿足。然而思緒已成一團熔漿。許多問號浮沉復旋轉，然後擱淺在睡眠的邊界。

鬱熱焗出一身汗。蚊蟲叮咬的搔癢順汗漬魚躍上臀。意識朦朧中伸手去抓，卻愈搔愈不痛快。忽然客廳傳來沙發摩擦地板的刮劃，雜沓不齊而慌亂，似放牧的牛羊到處遭人驅趕。咆哮的風，助威的使勁兒掌摑門板。狗一連串的嚎嘯和月光一起穿過百葉窗，空降到我床前。

毛孔一下拔尖。覷去，哥哥睡成大字，半點也沒知覺。接著爸爸的懶人椅嘎吱嘎吱規律的搖。

是誰？

不是人吧，莫非……

這念頭閃過，我恨不得立刻縮回自己體內。奇怪隔房那麼警覺的媽媽竟絲毫沒有反應。

猛搖一陣，聲音轉緩，如同一條船櫓在河流盪過，漸漸遠去，再遠去……。然後聲音的牛羊各自回欄，沙發安靜下來。

我從感覺的高崖跌落，忽地半空被接住，一陣癱瘓。一切來得急速，去得突然。只剩夜蟲的合奏。很靜。我擦擦汗。是錯覺吧？還是做夢？葉蔭投在牆上，似斑痂鬼影。狗吠聲寥落。夜，依然深沉。

一覺醒來，宛如重生。風暴過去，一切又復活。我急著傾倒心中的恐懼。可是沒有鐵證，任憑我費盡唇舌，都成了娛樂他人的荒誕軼聞。客廳的擺設絲毫不見移動的痕跡。沙發搖椅一副癡呆樣。我瞪著它們，像拷問一群故作無辜狀的罪犯。

暖陽賜我力氣，幾乎垮散的生命力又漸漸凝聚。然而有火蛇繁殖在喉嚨，太陽穴套了金箍般緊痛。我嘆口氣，闊別不久的菌老大又來尋我去做苦工了。

明知無濟於事，我仍然吞下兩顆頭痛藥。坐下，昨晚的懸案像塊挖不掉的疙瘩。神經集體疲軟，我剛架起的意志力崩塌。床僅咫尺，香甜的睡意那麼媚。軟綿綿的沙發敞開懷抱，哄我投向她。一個踉蹌埋進去，幾乎同時，我毫無掙扎就入睡了。

風又起。落葉像紙灰拍打臉頰。我沿一串忽隱忽現的呼喚前去。沿路的風光詭異，經過廢墟、陰溝、濕徑，穿越濃厚的莽林。光線漸稀，我倦極、怕黑、想回家。然不辨歸途。有股強勁的離心力拉扯我，腳不聽使喚的前進。在黝黑的隧道與一群面目模糊的人同行。紛亂的腳步與我的同樣沉重，加了腳鐐似地。月光蒼白著臉隨行。肢體欲裂的痛楚錐心，汗水從每一個毛孔湧出，在皮膚上水蛇般竄游，匯成河、成流，再不停的游……。

我在冰涼的河水中醒來。

冰塊在我額頭吸走燥熱。母親乾澀的聲音在耳畔：「熬過去啊，孩子！過這一關，天公會拉拔妳長大，不再有苦難。」

可是我走不出魔陣。不屬於人間的、陌生的腐敗氣息散佈四周。暗紅的火焰在蛇舞，詭異的影子幢幢，蜘蛛亂爬，無數的白蛆在蠕動。木魅花魂競號，骸骨散亂。這是什麼地方？

熱潮忽起忽落。間關我聽見母親的呢喃、急切的呼喚，時有狗嗥，來自暗夜的心臟。我在半醒之間覷見母親零亂的髮和深陷的眼。藥味瀰漫，不是家裡的熟悉味道，但知道仍在人間，心安，復又開始昏睡。漸漸不再有夢，卻在酣眠之後甦醒，乍見一雙陰鷙的大眼。我立刻清醒大半，是她！

床尾的矮几擱一碗米，米上三炷香，煙霧款擺，灰燼或飛或落，病房成了神壇。靈媒揚起手上的銅鈴，另一隻手同時搖晃一串黑褐泛光的銅錢，鐺瑯鐺瑯。她開始拖長語調吟唱。忽斷忽續，像山路崎嶇難攀、旅途漫長。

忽然她語調一轉，圓眼突睜，一字一句急促清楚拋出一串道佛二教的人物：關公、土地公、閻王、菩薩……，我好奇起來，精神稍為恢復。再細聽，她還上窮九天下至黃泉，尋來諸朝文臣武將，各種搜奇傳說。不加標點的句子傾巢蜂湧，不必思索，快速滑溜，似順流乘舟。

她一頓，忽然面容猙獰兇惡，四肢劇烈顫抖，銅鈴銅錢搖得欲脫手而去。她的枯髮騰飛，頭殼如搗，口中狠狠噴氣，彷彿火山在她五臟六腑爆發。腰鈴隨著扭動的身軀助勢吶喊，一切都在高潮。

她又開口。邊說邊喘，像隻跑急的狗。巍顫顫的宣稱病人我三代前是深岩之狐。經修練成善果而轉世為人，但餘緣未了，昔日助我得道的仙人苦苦糾纏，必得由她出馬周旋，否則劫運難解。說罷向空中八方猛抓，不停作揖哈腰。我有些目眩。

終於她力竭跌坐地上，吁一大口氣，汗濕的髮疲軟的緊貼額頭、臉頰。她把壓在碗底下的黃紙一攤，指醮朱砂迅速幾劃，疊個三角捏到我掌心。幾乎同時，媽媽把早備好的紅包交到她手裡，千恩萬謝。

鬧劇結束。她臨走與我短兵相接的目光，自信、鎮定、有些不屑、嘲弄。她也在感謝神吧！又一隻蠢鱉入甕。那毫芒盡露的眼神，好像宣示她的智慧足可控制世人如傀儡。鋼鐵一般冷靜的表情，充分顯出她精明幹練的世故。即使沸湯澆在她身上，也馬腳不露的成精老狐。是那種有人開膛破肚、血竄到她腳下，也無動於衷的冷血動物。溝通陰陽二界的使者這職務，她扮演得可真稱職，大概連她自己也深以為是。質樸迷信的鄉民都被她的伎倆唬住，我偏不！

頭又隱隱作痛。高潮已過，一切進入尾聲，包括我莫明所以的病情，神差鬼使地替她添加不可言說的神聖，印證她的虛名，以及不容質疑的權威。命運確實和我開了一場天大的玩笑。

出院後數日，沉潛的好奇像隻蚤子，咬得心癢癢。我決定冒險。

明朗的仲夏，我最新的娛樂便是觀察往那條小徑行去的眾生。他們的臉上敷層淡淡的陰霾，若有所思的樣子。蹣跚的老太太由人攙著；農婦打扮的經過，總會揚起生活的辛酸味；眼神閃縮、巴望著，像條沒吃飽的大狼狗者，八成是那類想抄捷徑，發大財的人。寫萬字的豬肉佬阿火就是這副德性。他們都是卡在命運的瓶頸、被生活掐住脖子的一群，企盼小徑那端有人指點迷津。

往外走的，臉上彷彿有光。腰幹硬挺了，脖子有力，頭也抬高了些。

這樣隔靴搔癢的旁觀，並不能滿足我。等我膽子壯點，有時也跨越雷池。背光的濃密樹叢，恰可掩護我不高的個子。然可供窺探的不多，不可見的得憑想像去填補。我的膽量顯然不夠，風吹草動總令我無端驚悚，心跳狂飆，下意識就會去摸一摸身上的菩薩。

房子的特色是窗戶特多，並不盡然要採光，因為窗簾密實，顏色深沉，對光線和外界欲迎還拒。倒是院子樹影扶疏，幾抹花顏如胭脂，淡淡抹過。整幢房子充滿閒情逸致，如度假別墅。

有一次，竟意外的見靈媒穿梭在葳蕤花林裡，倒像是尋常的主婦，在整理心愛的園圃。一時不禁懷疑，這果真和那個如鬼魅附身、齜牙咧嘴的同一人嗎？

光線一沉，仰首，只見烏雲蔽空，風一陣一陣地催人趕在雨落之前歸去。轉身，一張臉活生生地橫在面前。

寒顫從頭直貫腳底。大難臨頭的感覺如電殛，我動彈不得，腦海一片空白，連手都不知該擺在那裡。

避無可避。此刻，是一隻猛虎和羔羊、她的強勢與我的無措的對峙。我一下落在冰窖，一下又掉入火裡，在冷熱夾攻下忽縮忽脹。

什麼也沒有發生。餓虎不噬羔羊。

在她冷笑回轉剎那，我也立刻拖著軀殼沿歸途踅去，魂魄還是停格在原地。烏雲被風吹得落荒，暴雨不傾。

我一腳一顛簸。風雲難測、萬象渾沌，在可解、不可解、不必解之間，我決定用後者按捺自己的好奇，不再去招惹那隻古怪的老狐狸。

你問我那張符的下落嗎？哦！它和二十幾個同伴一起躺在抽屜的餅乾盒裡。

村長

我躺在陷塌的床墊上，村長來回踱步的聲音穿越暗夜的蟲鳴和大溝的水流，清晰的來到我耳邊。那規律鏗鏘的腳步下達鐵般的命令，即使躺在床上，也被逼得不得不在「精神」上陪他共進退。

按照村長的習性，他會機械式的操練整晚。也許半夜，可能清晨，直到實在抬不起沉重的瘦腿。第二天，他會弓著疲乏的背脊，坐在那株有花無果的芒果樹下，兩隻耷拉下陷的暗綠眼窩，對你和善地微笑。

村長獨獨鍾情於我家那塊地。他常重複這樣的一句話：「叫妳爸爸把地賣給我吧！價錢隨他開。」

實際上，他的花生田和住家佔地之大之廣，早已是村子裡的「土」霸王。我的曾祖父從廣東南來，赤手空拳開拓出來的這片祖地，每一寸都滲透了他的血汗。誰膽敢賣了地，他會從棺木裡爬出來要回去。

村長不死心。爺爺疾言厲色，幾乎是半轟的把他「請」出門。此後他把該對大人說的話轉而重播給我。

村長的三個兒子早在我還是吃奶的娃時，就吵吵鬧鬧分了家。他那位講起話來像瀉肚子的二媳婦，私底下告訴鄰里：「老的頭瘋。」如果頭瘋就是村長這模樣，倒也不可怕。除了嗅泥土的怪癖和晚上不太睡覺之外，村長可是個好人。

一個熱得像頂了六七個太陽的下午，我翻著看了千百次的小叮噹漫畫，在睡與醒的地域擺盪。

村長的影子就是在我剛捉到夢尾巴的時候闖入我的視域。他馱著鼓鼓的大麻包袋，像隻火烤的螞蟻急速前進，微佝的身軀活像蝦米，遠遠看去有點滑稽，類似蹣跚的海龜，經過我家連頭也不抬。

我精神大振，一把推開貼著門神的大門，飛越院子，嚇壞了午休的雞隻，黑狗以為要挨揍，搶在我之前跳出了柵門。

我往大溝的方向跑。木橋被我踩得吱吱叫，村長的背影很快沒入拐彎口。我使足氣力，在陰森森的竹林前趕上他。村長很快就發現他被追蹤，頭也不回的叫：「小鬼，我現在沒空，別來煩我。」我不死心，他的大麻包袋裡究竟裝了什麼「八寶」？

「小鬼，再跟，我發誓不送妳回去，讓亡魂來陪妳。」我馬上煞住腳，一股寒意隨著穿越竹林的涼風升起，麻麻的燙過全身。據說竹林不太乾淨，日本鬼子曾在那兒坑過抗日分子，大部分未婚，最愛糾纏未嫁的女子，作弄陽氣不足的小孩。

村長自顧自的走了，給我留下一座陰涼的竹林和滿腦子的狐疑。竹林在大太陽下像塊碧綠的翠玉，一點也不陰森。時常夜晚出沒的村長卻老說他活見鬼。

「哪！右邊第四排第四棵竹子，昨晚有條白色的影子。風吹一下就不見了，風一停又在那裡。腳不著地的，除了鬼，還有什麼？」又譬如無緣無故倒斃在湖邊的賣麵佬，他死的那晚，村長還看見他提著釣竿急急趕路，叫他也不應，原來是出竅的魂魄還惦記著要回家呢！

村長說的故事我從不懷疑，愈是離奇我愈愛。半夜上廁所時，總覺得滿屋子的森森鬼影。我問村長：「為什麼你老是見到那些東西？」

村長不回答，他手上捧著把帶酢漿草的濕土，神經質的猛聞，彷彿對著一堆肉骨頭的獵犬。好一會兒，他一個字一個字的說：「我也是鬼。失眠鬼。」

村長再怎麼陰陽怪氣我都不怕，但是他鐵面無私的拒絕透露揹著的那團巨大的祕密，卻讓我覺得像牙縫裡塞著肉絲，老是坐立不安。我猜那一定是某一種供製標本的動物。

除了製標本，村長還有一項古怪嗜好：把昆蟲像醃鹹菜一樣浸在藥酒裡，再密封入透明的圓形玻璃瓶。天牛、蠍子、蚱蜢、大蟋蟀、蟬、蜈蚣，每一隻都保留了垂死之前的掙扎姿態。那間原本堆柴薪的房間，早已成了昆蟲儲藏室。

我對那隻像蛇又像蚯蚓，俗稱「珠子蛇」的蠑螈最好奇。牠小小的眼睛看似還會骨碌碌轉，細瘦的四肢卻遒勁有力。村長見我留連不去，堅持要送我：「小鬼，這是稀有品種，妳別弄丟了。」

只一晚，那隻「稀有品種」在家裡只待了一晚，第二天就被媽媽扔到垃圾堆，「啪！」的一聲，碎片四散。當然，她不知道那罐東西的來歷，我也沒讓村長知道他的「稀有品種」的下場，並非如他所預期的那樣「不朽」。

「如果我死了，有人願意把我製成標本保存，我絕對樂意。要不，就火燒，乾脆。」他加重「乾脆」二字的語氣，還發出喀啦喀啦的脆聲，令我想起滴油的脆皮烤鴨。

一個飄著無聲細雨的早上，隱約傳來若即若離的呼喚。起初我以為是幻覺，然而那聲音絡繹，夾著黑狗的狺狺，與水聲融成一體。我睜著懞忪的雙眼趴在窗口張望，村長精神煥發的向我招手，那麼起勁、迫不及待。黑狗見主人露臉，立刻狗假人威的大吼。我大喝一聲，牠見風頭不對，馬上跑到鞋架邊乖乖躺下。

村長身上仍是那件泛黃的背心。他在水溝對岸大叫：「我帶妳去看一樣了不起的成果。」我一時反應不過來，他又喊：「快呀！非常了不起的成果哦！」

我抓著一頭獅毛的亂髮跟在他後面。村長所謂的「了不起」通常等同於「恐怖」。我記得那隻「了不起」的四腳蛇標本，是隻呲牙露齒、暴眼粗皮的噁心傢伙，一副巴不得從我身上撕下一塊肉的兇相。

這回看村長亢奮的樣子，倒真像是一件「不看會後悔」的珍品。一路上我和村長若即若離，他身上一股異味，恐怕連蒼蠅蚊子都不敢飛近。究竟他在經營什麼「了不起」的事，可以到「聞臭而不覺」的地步？

村長忽然蹲了下去，從一叢白色蕈類拔出一朵，湊到鼻子下。好半晌，他笑瞇瞇的說：「好久沒吃雞絲菇了。」他仔細兜滿一背心，還不滿足，又小心翼翼往空隙填塞。我真擔心他叫我也把襯衫借用一下。眼看沒辦法再擠，他才依依不捨的站起來。

隔了一晚又一個早上沒有進食的肚腹，令我的不耐和煩躁隨氣溫而攀升，我嘟起的嘴巴想必也可以掛上至少三斤豬肉。村長轉過頭來，瞪我：「小鬼，待會兒有好看好玩的，別哭喪著臉，衰運啦！」

遠遠的我就望見那個恐怖的「了不起」——一隻花色斑斕的大蟒蛇標本，把有兩人抱的菠蘿蜜樹繞了兩三圈，張開的大口吐著粉紅色的蛇信，兩隻玻璃彈珠似的凸眼瞪出眼眶之外。我絕對相信這條守護神驅鬼逐怪的神力。

「怎麼樣？不錯吧！修理這隻東西整整花了三天。有意思！有意思！」村長萬分滿意的攬著他的雞絲菇到廚房裡洗洗切切，丟下我獨自和「了不起」坦誠相對。

我立即跟進了廚房。飢餓偵測出食物的所在。桌上的碗罩裡藏著菜肉，我二話不說就盛飯猛扒。眼睛只在菜和飯之間穿梭。村長濛在油煙裡揮動鑊鏟，三兩下一盤油亮的野菜就上桌了。他也不盛飯，夾起一片冒煙的菇片就送入口裡，嚼著嚼著就突然嚼出了人生的感嘆：「我都六十了，活到這把年紀，能走能吃，除了睡……」他打個哈欠：「唉！我都快忘記做夢的滋味了。」

村長的家起碼有我們的三倍大，寬敞涼爽。但畢竟是老屋，顯得蒼老落魄，灰溜溜的像隻毛掉得不乾不淨的老狗。牆上的月分牌還過著去年的日子，死去多年的老伴在發黃的照片裡微笑，房子外面陳年古木的樹影籠蔥。活在這麼一個陰暗冷清的老屋，村長不「怪」才怪。

村長可真不是普通人。

不是普通人的村長今天有些異樣。原先的好興致在一頓飯之後變餿了，臭著一張土褐色的霉臉，提個灰鐵皮工具箱，一下給門鎖加油，一會兒上緊門環。又拿了幾隻鐵皮桶敲敲打打，手上的老人斑密佈，手背青筋暴突，敲擊的聲音裡面躲著一隻鬱悶的小鬼。割手的鋁箔邊都敲平了，他才抬起頭，好像突然發現我的存在。

他抓了一把辣糖塞在我口袋，拍拍我的肩膀：「妳該回去了。」

竹林的水氣特別濃重，風吹竹動，每一根竹子都是吐信的青蛇，嘶嘶嘶。村長隨手撿起一根乾黃的竹枝，邊揮邊從乾癟的嘴裡哼出「妹呀！」「郎呀！」荒腔走板的小調，令人忍不住從頭到腳起一陣陣雞皮疙瘩，他卻忘我的陶醉在自己的歌聲裡。

過了橋，回到自己的「租界」，村長說要弄些「三六」進補。（三六加起來是九，廣東話「狗」的諧音。）村長嗜吃狗肉，而且專挑結實的小黑狗，也難怪家裡的小黑見到村長就沒命的吠。

再見到村長，竟然瘸了左腿。我站在橋頭回話，心裡七上八下。上回媽媽一聽我和村長廝混，「啪！」的一下把筷子拍在桌上，直著喉嚨恐嚇我：「那個古怪的老頭總有一天吃了妳。」向來溫和的爸爸則好聲勸我別再和村長來往。

村長直嚷「撞鬼」，否則不會讓老母狗扯去一塊肉，連慘白的骨頭都露出來了。我正不知所措，村長很快就察覺我的異樣。他凝視我一陣，搖搖頭，像隻負傷的野獸，一拐一拐轉身離去。

我佇立在橋頭，懊悔又迷惘，覺得自己背叛了村長。為什麼大人就把村長歸為「壞人」？其實村長好得很，只不過行為有點怪。

好幾天過去，我時常趴在窗框眺望。那熟悉的腳步聲不再出現。村長受傷的眼神卻如暗夜裡將滅的燈火，不斷在我腦海閃爍。我多麼盼望他又在橋頭喊我。我會立刻衝到他身邊，問他：「村長，你撞見什麼鬼啦？」

我的神州

我終於明白，金寶小鎮，就是我的神州。

爺爺在世時，他的神州，是家人的夢魘。傳說中那完美無瑕的地方，卻是瞎眼的奶奶迫不及待要逃離的疫鄉。儘管如此，她卻在我連父母之名都尚未知曉的年紀，反反覆覆的教我：「我的祖籍是廣東梅縣。」

祖籍是什麼？廣東梅縣在那裡？

廣東梅縣。多麼深刻的地理名詞，即使化成灰，它也會變成四顆喋喋不休的舍利子。它在兩老截然不同的敘述裡，一忽兒飛上了天堂，一忽兒又墜落地獄。奶奶提起那段在飢餓邊緣掙扎的歲月，總是淚盈，令人無法和爺爺無與倫比的神州，產生聯想。

弔詭的是，爺爺一再要離棄的金寶，最終卻成了我的神州。

連綿的橡膠林內，黃塵滿佈的泥路盡頭，有一株老壯的九重葛。村子裡最高齡的太伯，都必須尊它為兄。據說爺爺當年和一班兄弟初抵此地，這株還年輕的花樹上，纏著一條兩三公尺長的大蟒蛇，定定的對一群闖入者唁唁吐信。已過世的明雄伯公以為這是吉兆——土地公派祂的使者歡迎地頭蛇的蒞臨，當下便把破包袱一扔，立時決定和一班飄洋過海來的兄弟在這兒落腳。

我的誕生之地，就在老九重葛斜對面的板屋。異於父親，爺爺對我的出世，始終沒有愉悅之辭。兒子出世，標誌他歸鄉的希望之火有人傳遞。孫子問世，無疑宣判他已紮根異鄉，老人家的神州，果真成了不可企及的夢。我於是成了出氣筒。

很小，我就懂得迴避爺爺。他是炸藥，只要觸及他內心庫藏的隱痛，便會引發可怕的爆炸。小貓「黑鼻子」活活被摔死的慘狀，記憶猶新。關不住的眼淚點燃了他的怒火，連兩個月大的小花狗也扔垃圾般給拋進了水溝，濕漉漉地驚叫著爬上來，躲在老九重葛樹下，簌簌發抖。細瘦的尾巴貼在兩隻後腿之間的肚皮上。我觀察好一陣，牠卻沒有恢復原來的模樣，我以為牠將永遠如此，眼淚掉得更兇，卻無聲。

「又吃了火藥，又吃了火藥！一隻腳都進棺材了，還這麼活不透。」奶奶看不見，耳朵可靈得和貓一樣。她只對爺爺兇，也只有她敢潑爺爺冷水。兩人是「吵」

著走過大半生的。只要爺爺一說：「老家啊……」奶奶就光火。「都在這裡過了大半輩子了，還老家？」

橡膠林是逃避「火災」的最好去處。上午十點過後，膠汁收過，林子一片岑靜，鳥聲和蟲唱叫出廣袤的死寂。熱天的新樹是奶水豐沛的母親，乳白的膠汁奶大了「老唐山」的子孫。割橡膠的長工夫婦共有五個小孩。老四年紀與我相仿，也是小不點。人家是營養不良，我則因惶恐度日，身子硬是撐不高大。

鎮上的小孩都時興一種不必花錢的遊戲——撿橡膠子，磨熱了，出其不意的燙人。被燙的那位通常會電擊般彈開，尖聲呼痛。

然而，說死勸活，老四就是不敢燙我，我又沒有自燙的勇氣，只好把腳底伸到他面前，「哪！這裡，有疤也看不見。」他瞪著我那兒，再抬高自己的，「妳的和我們的不太一樣。」

我頓時傻了眼。

那上面滿佈細密的坑洞，就像蜂巢扯開，當襪子穿在腳掌。每個洞裡都像住滿小黑蟻，黑壓壓的一片擁擠。他家裡除了牙牙學語的老五，每個人的足上風光都如此。他一直以為人的腳掌就是這副模樣，老五太小，稍長，就會「正常」。

這令我十分憂慮。幸好腳掌的曝光機率極低，為此我三番四次想一探家人的腳下究竟。第一雙偷窺成功的，是奶奶的腳——非常欣慰，跟我一樣不正常。

我依然很迷惑。解謎者是老四的爸爸，建叔。

彼時他在膠房，滿地一尺見方的鋁槽盛滿凝固後的膠汁，像是雪白誘人的豆腐塊。他正忙著把膠塊倒出、踩平，準備上絞。軋軋響的手搖機器，把一塊塊膠板壓扁、拉長，再送入另一臺，打出花紋。

建叔兩塊突出的臂肌比下水溝的黑老鼠還結實。他挺個小肚腩、笑咪咪的模樣，簡直是小號的彌勒佛。

沒想到他的反應竟是仰天大笑。「傻子，那是蟲子鑽的，赤腳仙都有一雙這麼難看的腳掌。」親切的哈哈裡沒有鄉愁。

建叔是那批南來的漢子中唯一的少年。是爺爺的遠房表弟。他可是真正的「回頭浪子」，賭場翻身的金不換。近四十歲才結婚，快五十了，小五才剛學會走路。

在那群「老唐山」之中，他是唯一不「唐山」的。他的論調和奶奶一樣，「唐山有什麼好？吃飯難哪！」既然如此，我實在不明白「老唐山」的心理。他們甚至希望政府被「共」掉，或者乾脆加入北部山林的左派游擊隊。「這樣回唐山才不會有麻煩。」爺爺這麼說。

「老不死，現在他可是膽子變大啦！早幾年敢亂放話，就被關去啦！」奶奶睜著發白的黑眼球，氣咧咧的罵，兩顆金牙突兀地在白齒間暴跳。

如果可以選擇，我寧願是小四。少吃少穿，甚至腳掌要大方地讓給小蟲住，都無所謂。建叔的小孩比鳥兒還自由自在。成績雖然不好，卻玩得痛快。我在他家髒亂的客廳裡，可以任意翻動他們的課本。裡面通常夾有精彩的連環圖，老夫子、小叮噹是常客。

老四的姨姨又聾又啞，常愛留我吃豬油拌飯加蛋。兩人比手劃腳，也能聊上半天。奶奶也喜歡啞姨，可惜她只能發出「啊！啊！」的叫聲；比手勢，奶奶看不見；說話，啞姨聽不到，常常得由我當通譯。

啞姨的工作是養豬，天濛濛亮，她就挨家挨戶去收餿水。隔夜的剩飯剩菜與地瓜葉混合，就是豬食。我家是最後一站，我閒著沒事，就當小跟班，隨她回豬欄，或四處去摘地瓜葉。

啞姨的豬欄在膠房過去的水塘邊。附近都是比人高的木薯田。木薯也可做豬食，但是人不能多吃。日軍入侵東南亞，缺糧的人吃得兩腿腫得和樹桐一樣。

豬欄又臭又髒，我只敢遠觀。豬隻從不隱瞞對雜物的渴求，叭噠叭噠、埋頭苦幹的吃相，令那些糊糊的噁心東西變得極盡可口。

池塘裡有許多生魚。生魚好價錢、又耐活。四月橡膠落葉，膠汁稀少，建叔就靠生魚和豬隻過生活。啞姨一到四月就情緒低落，她捨不得一手帶大的豬。牠們是她的兒女。她用手去摩挲牠們笨重的身體，把臉湊近豬隻長長的鼻子，甚至，替牠們洗澡。建嬸和啞姨姐妹連心，又心軟，她常說畜生也有靈性，生活好些，就再不做這等傷生事。豁達的建叔勸她：「畜生超生，投胎做人。」

爺爺從來就反對輪迴。總之，凡與宗教沾上邊的，他都有牢騷。建叔常胡謅乖離常理的順口溜，笑嘻嘻的扭轉話題。

有一闋是這樣的：「說話像洪鐘，走路颳大風，毛蟲的屁股紅通通。」我卻一點也想「不通」。「建叔，毛蟲的屁股分明是青白青白的。」他樂了。「嘿！我的毛蟲吃胡蘿蔔大的呀！」順便在我頰上摸一把。那隻粗硬、膠臭的手，給我留下複雜而難忘的記憶。

小鎮靠街場的地方，有兩座廢棄的鞦韆，一口近乎乾涸的井。那日黃昏，膠林上頭的蒼穹淌滿金黃的汁液。我經過草場，奇蹟似的，其中一座竟然以完好的姿態對我媚笑。這下我連冰棒都不要了。

坐上去試試，咿哦的聲音透著些許不牢靠。慢慢的，鼓動的涼風鑽進毛孔。當我屈身弓膝蹬地推向前方，飛翔的愉悅令我忘形的加速。不過一剎那，風在耳畔怪叫，我的身體如飄浮的落葉，一陣顫抖掩至，心臟倏忽收縮，人便箭也似的往井投去，不偏不倚，壓斷井口鏽透的鐵網。眼前一黑，便已坐陷泥沼。

鐵網在我的身體和四肢以鮮血刺青。身心在剎那早已停頓，傷口不痛，也不害怕。等到泥沼腐敗的味道薰醒我，驚天動地的呼救衝口而出時，屬於人的感覺才真正回來。

爺爺正巧打從街場結算樹膠的帳目回來。破洞的鐵網著實讓他疑惑：出去的路上似乎還完好的吧？就那麼一駐足，便聽到我那撕肺裂膽的哭嚎。

奶奶後來告訴我，爺爺先前並不知道落井的倒霉鬼是自己的孫子。認清人時，比當年躲日本鬼子還驚魂。這場血災，倒多少改變了我們祖孫二人的關係。也許我鮮血淋漓的模樣，和惶恐的神情觸動了他的惻隱之心。此後，我的日子好過些了，不再像隨侍皇帝身邊的小太監，終日戰戰兢兢。

村子裡三代同堂的家庭不少。土生土長的第二代都有個共同的特徵：多子。生孩子就像吃飯睡覺般自然。有個厲害角色一連生下十四胎，直到醫生發出嚴重警告。孩子就是蒲公英的種子，隨撒隨長。父母管吃管住，就是不管教養。犯小錯，賞幾個巴掌；大錯，用籐條伺候。

籐條是每個家庭的必需品。這種熱帶森林的植物又韌又有彈性，抽起人來可真痛快——又痛又快。我家的倒沒有開過葷。爺爺只消氣粗些，我早嚇得跟老鼠見貓一樣，那用得上如此重刑？

過年過節是鎮上的大事，「老唐山」尤其重視唐山的「傳統」。眾多節日裡，我最愛端午。那是唯一能與母親共遊橡膠林的機會。

橡膠樹的枝幹耐燒易燃，最宜當煮粽子的薪火。林子裡蚊蟲飛舞，我們照例套上長袖長褲，帶把劈柴大刀、一壺水。我就坐在腳踏車的前槓上，短得刺手的粗硬頭髮不時碰到母親的下巴。她便不斷調整姿勢，板直腰幹。

這時節舊葉落盡，新葉方萌。一片耀目的金黃卻是飄零的枯殘，走路時遍山都是碎葉「沙！沙！」的回響。膠林邊緣的樹林是禁地，曾有小孩用彈弓射鳥而誤中蜂巢，被螫得遍體鱗傷。

母親與鎮上愛串門子的婦人相較，是沉默的。常來我家的婦人，多和奶奶搭訕。她們腰上挾著孩子，手裡捧著一碗飯菜，邊餵邊聊。甚至，在我們家添飯喝湯。當她們話癮過足，夜色早已跨入門檻。

母親和我各撿各的，膠林裡靜得連拍打蚊子的聲音都似雷鳴。我已經習慣母親只做不說的個性。當她專注某事，那份虔誠，簡直是教徒朝聖。

柴薪疊好，綑綁在後座，如此往返三次，我已累得失去玩興，而母親回家後，還得洗洗切切，下廚燒飯。

煮粽子的灶是臨時用兩排磚塊砌成。中間塞入曝曬過的乾柴、澆上煤油、橡膠絲當火引，用火鉗技巧地一吹，立時便著，那火勢不大不小。乾淨的煤油桶架在上面，可以放入五六串粽子。兩個灶，不停不歇地煮上四五桶，足以應付整個端午的饞嘴。

來我家討粽子的鄰居不少。奶奶的「枕頭粽」——長方形、八人份的大鹹粽，是「鎮寶」。慕名拜師的，卻多半只成半吊子。那是高難度的絕活啊！連有稜有角的豬肉粽，她也能裹得比別人紮實、玲瓏。她的雙手，我相信，是上天對她歉意的補償。

經她餵養的雞鴨，胖得跟球一樣，走起路來屁股一顛一顛，連叫聲都特別響亮。怪的是，那隻養了三年的老母雞，下的蛋多半是雙黃。牠的地位近似別人家的貓或狗。客廳、廚房、籐椅、爺爺的太師椅上，隨時可以找到牠的信物——幾根羽毛，有時是一堆糞便。牠死了好久，奶奶還十分懷念牠，誇讚牠是隻「了不起」的母雞。

鎮上有個消息傳播站，那是街場的「合興」茶室。「十個潮州佬，有九個沖茶。」這是爺爺相人多年的結論。茶室賣點心、咖啡、炒粉、粿條等等，口碑最好的是豬腸粉。老闆是缺了個門牙，又死愛吹牛的老潮州，算是客家鎮的少數民族。

無論建叔或爺爺，只要小中彩票，都愛請客——炒福建麵、豬腸粉可是百吃不厭。我想盡辦法坐在小四旁邊，離爺爺遠些，雖然小四鼻孔下老掛著兩條濁黃的鼻涕。

這時候，通常是一天勞作結束後的傍晚。夕陽在紅毛丹樹葉間放光。留聲機裡，周璇捏著嗓子，尖聲細氣地哼唱。

大人通常互通民生消息。懂廣東話的老大這時候最吃香了。他邊說從收音機聽來的「李大傻講古」，一邊蒐刮；通常是我心甘情願把自己的那份豬腸粉給他。對我而言，吃的絕對沒有玩的誘惑大。啞姨眼尖，可她不會告密，只會向我體諒、包容的笑一笑。

爺爺喝了兩瓶啤酒，又開講他的神州夢。奶奶有時破例讓他盡興揮灑。他講得面色赭紅，慷慨激昂。親人、風土、小菜——大讚他的娘，我那未謀面的曾祖母，她的梅乾豬肉是如何令人畢生難忘。

我絕沒有想到，許多年後，地契和房契是由我交到一個陌生人手上，自此賣斷所有的記憶。放眼望去，樹膠被更具經濟價值的油棕取代，熟悉的面孔愈來愈少。只有啞姨覓得好歸宿，依然守住人事已非的金寶。

於是，我也開始了無止盡的尋覓，尋找那片消失的神州。原來，我遍尋不獲的「合興」豬腸粉，就是爺爺懷念不已的梅乾豬肉。我們祖孫碰面，一定有聊不完的話題，道不盡的當年。我相信，地下的爺爺也一定認同。

輯二　島嶼紀事

天井

一方天井，是夢開始的溫床，而天井也不比一張雙人床大多少。除了一口井，餘下的地方恰好可蹲下四個中年發福的「歐巴桑」吧！

這小小的露天方塊，因為頂上是老天時哭時笑、變化莫測的一張蒼臉，腳下是尋常一飲一啄洗衣淘米之處，又有一口水質絕佳的老井，故奶奶順理成章的稱它「天井」，與一般人家四合院的「天井」不一樣。

正因為井幽水清，炎炎盛暑洗個舒服的冷水澡，像透身流過清冽的溪水，強過悶在乾冷的冷氣房，釀出的米酒甜裡透出誘人的香，漂洗過的白衣裙賽過雪白的雲絮，蒸出的飯哪，又軟又滑，茶葉給沸騰的井水一沖，片片舒展筋骨，淡淡的茶香又比米酒更多一份清新舒爽。

井水醞釀了我醇美芬芳的童年，又研出一池好墨在我回憶的扉頁揮灑一則童話，一則不褪色，溫馨甜蜜的童話。

上學之前的歲月跟奶奶住，夜裡自然也一起眠。奶奶睡得少，公雞才啼第一遍便起床。睡意正濃的我仍可模糊聽到她用水桶打水，「噗通！」「噗通！」不斷，依序注滿臉盆、水缸、澡房的水池。

水聲嘩啦嘩啦，我漸漸的又迷糊，再睏，待陽光暖了床，快燒到屁股，方懶懶地起床盥洗。冷面巾一擦臉，便把睡意全打消，再把臉埋入盆子，腦筋便完全清醒了。若起得稍早，奶奶會在漿洗衣裳，起晚了，就該是舀水淘米洗菜的時候了。最愛看乳白的洗米水了。清澈的井水一過白皙皙的米粒，立刻便乳似的膩滑瑩淨。奶奶把米水倒入天井角落木架上種著的韭菜和青蔥盆裡，說是會讓韭菜芽長得綠，蔥芽發得快。十時許的陽光安撫著木架上打鼾曬太陽的老花貓，同時也落在長滿青苔的水泥地上和粼光閃閃的井水中。

風過時，便把行蹤方向標在晾著的衣服上。剛洗淨的衣服打著鞦韆，飄來一股洗衣粉的香。這時米鍋已放到灶上，奶奶開始炊火，把曬乾的柴薪放到灶底後，便開始洗菜。興致來時我總愛蹲在奶奶旁邊，趁機潑一潑水洗腳，貪愛那股涼颼颼的舒暢，也沉醉在奶奶編織的神話故事中。有時候奶奶不給玩水，我便倚在井邊圍起來有半個成人高的水泥牆側，俯探黑黝黝的井水。

井裡有好幾尾肥大的生魚和泥鰍，不時會從井底翻出身來吐幾口水泡，尾巴拍起高濺的水花，有時卻閃電似的竄個身子便隱沒。在小小的心靈裡，那水深不可測處應也有另一個天地，也住著另一種亦可以名之為「人類」的生物，同我們一般尋常飲水睡覺玩樂。或許裡面藏臥一隻水蛇精，那一天修練成龍，突然凌霄飛起，潛入翻騰的雲陣中。

奶奶說龍能呼風喚雨，下雨前滿天湧動的烏雲就是龍在打滾。或者井底是一個晶瑩剔透的龍宮，宮殿門口站著手持戟矛利刃的魚兵蟹將，宮裡歌舞昇平，日日弦歌絲竹不斷，或許……許多的或許，委實因為井水太幽深。

井水不滿的井緣佈滿蒼青的苔蘚。壁上冒出的羊齒植物青綠的一圈，襯得井水更像濃密樹林掩映下的一口碧潭，格外地有股讓人想不透的神祕，卻因此給了我另一片想像天地，延伸了我狹窄的生活空間——那個單純明淨的小小童年，就連爸爸媽媽也彷彿是另一個星球的異族，只在過年過節時帶一些新奇的玩具給我：會眨眼點頭笑笑、上了發條隨音樂起舞的洋娃娃，綴滿蕾絲的洋裝，豔麗奪目的緞帶髮夾，各式各樣的糖果。

他們短暫的逗留就像肥皂泡泡，又似絢麗的色彩，轉瞬便讓井水洗滌得乾乾淨淨。我的記憶清晰的是那方天井，仍可感覺到的是水靈靈的清涼，以及奶奶一口茶一匙飯裡深情的關愛。

從天井望出去，對門的阿貞家裡是種茶的。不夠地方曬茶葉時，天井那方小小的空間就權充暫時的曬茶場。

無風的午後，茶葉給烈日燙得捲頭縮尾，像一隻隻酣眠的蛹寶寶。這時房子裡茶香瀰漫，時間彷彿靜止，人也有些醺醺然，思緒飄飄然。偷眼望去，阿貞一臉朦朧，眼皮都重得快塌下來了。此時獨有茶香裊繞。

曬好的茶葉趁新鮮沏一壺令人神清氣爽的茶。阿貞的媽媽常誇我們家的水質得天獨厚，沏茶釀酒風味格外不同。

正如阿貞媽說的，奶奶釀出來的米酒是村子裡有名的醇香。究竟是奶奶的手藝好抑或井水質佳已不可判然劃分。我想應是兩者兼俱吧！

釀米酒時我會興奮的漏夜不安眠，纏著奶奶確切的應諾一大早叫醒我。我要親眼看著一粒粒硬綳綳的生糯米膨脹，變得白胖飽滿而柔軟。

蒸熟後的糯米一大簸箕一大簸箕的擺在天井，待水分濾乾，吃上一碗拌了白糖或甜漿、又香軟又脆滑的糯米飯。待天井的糯米糰全涼了之後，奶奶把酒餅捏碎，摻進糯米飯裡，再封入密不透風的藏青大甕。這樣就彷彿把一個雪白的夢交給時間去發酵。

太陽東升又西落，日子滴入時流裡。那白雪就變魔術似的融化，成了金黃澄淨的佳釀。在啟封的一剎把積鬱的香氣散發、發散。那濃香令我瞇起眼睛，使奶奶的嘴角彎成天上玉簪似的弦月。日子，像釀米酒般甜得叫人忘記歲月也會老，世間情事在滄海桑田。

不止一次，爸爸媽媽表示要把我和奶奶帶去城裡。可是每回都讓奶奶一口回絕了。有一個晚上，媽媽堅持著為了我的前途和學業，一定要讓我到城裡念國小。最後語氣轉為半哀求的咽噎。奶奶沉著臉，後來一開口，卻一字一句斬釘截鐵的說：

「把小妹帶出去，我要留下來。」

我撲進奶奶懷裡放聲大哭，奶奶不說話。可是我知道她的眼角一定淌著淚。她不捨得我，而我何嘗願意離開她，離開這溫暖熟悉的老家？

我還是離開了。

在那個陌生而繁華吵雜的城市，在一出門就是汽車喧囂的沸騰街道，我終日想念那方天井，那平靜愜意的生活，想奶奶一個人蹲在天井洗洗切切有多孤單寂寞。井水裡的魚無恙否？阿貞的辮子該不會長到屁股了吧？

眼睛都快望穿了，好不容易盼到放假，我像疾發的矢，迫不及待的往箭的飛去。老屋和奶奶如故，井水也依然。只是井緣的苔蘚愈發青厚，顯得井水更深邃幽靜。我在井邊站了好久。看那幾尾魚在悠閒的擺游，直到奶奶喚我吃飯。

珍珠般瑩白的米飯透出一股膩滑的軟香，和城裡的差好遠好遠。我連吃了兩大碗。奶奶笑說只不過在城裡待了幾個月光景，怎麼飯量突然就變大了。

夜的紗帳輕輕籠下，黑夜像墨般擴散滲透。我和奶奶坐在天井，灶上正燒著開水，灶裡的火花一閃一閃。夜裡此起彼落的蟲鳴蛙聲織就了一片細柔的黑綢。

奶奶輕撫我的頭髮，滿天閃爍的星光下，我又重拾一個一個撲朔迷離的故事。水燒開了，蒸氣咕噥咕噥掀著蓋子。奶奶沏了半壺茶，水汽氤氳著，流螢一盞一盞飛過，到城裡念書的事就像不曾發生過。

夜色如水。奶奶不像以往般催我早早上床。故事講完了，我靜靜的依偎在她身旁，什麼也不想。奶奶捲起的褲管露出的小腿血脈清晰賁張，若虬龍盤纏老樹，每一條都凸顯著歲月的痕跡。

忽然奶奶幽幽的嘆了一口氣，眼睛望著溶溶的夜出神。我搖搖她粗糙的手。隔了好一會兒，她沉沉的說：「過完假妳又要城裡去了。」

真的，在老家的日子悠悠忽忽，來去之間總有事過了無痕的虛幻。歸時的雀躍興奮和離別的不捨悲傷交織。高二那年的暑假，生命向我展示了它的無情，萬物的生長衰老又是如斯快得令人措手不及。

那一次，奶奶囑我修短她腦後的頭髮。拿起髮剪，我遲疑了。奶奶催促著我：「剪哪！把髮腳剪齊就好，莫驚哪！」她那裡知道我驚的是霜雪不知何時已悄悄覆滿了她的髮。黑髮像戰敗的士卒零落疏散。瑟縮著，彷彿等待霜雪把它們淹沒。

終究我還是剪了。一把華髮是一截歲月，每一剪都像裁去一把日子。望著天大一地落髮，我不禁泫然。

那一夜，我躺在睡了十幾年的蓆子上輾轉反側。思緒由最原始的記憶開始啟航。那段日日與奶奶相依的歲月竟有些鏡花水月。鏡頭慢慢前移，我想起奶奶昔日的硬朗正讓歲月一點一點蝕去。她再也無法一口氣把水缸、水池注滿，灑掃諸事也不如以前俐落了。

下午剪髮的那幕復又在心裡掀起海濤：是的，奶奶真的老了。而緊隨衰老的，是凋零的。那是生命不變的原則。任是帝王將相也躲不過的浩劫，像大自然的草木榮枯和花朵的開謝。

我心裡一緊，不由得靠攏旁臥的奶奶。「阿嬤，跟我們到城裡住好不好？」「我住不慣哪！那種人吵車多的地方，老是關在小小的鴿子籠裡，怎麼像老家舒服寬敞？」「可是您一個人哪！」奶奶只嘆了一口氣，幽幽長長……。

開學後我再回到昏天暗地的學校生活，在寫不完的功課和考試之間打滾。一個風斜雨細灰濛濛的下午，一通電話炸彈似的爆響：「奶奶滑倒了！」

連夜奔回老家的醫院——我出生的地方，只見奶奶靜臥白色病床，左腳打了一層厚厚的石膏。剎時愧疚和懊惱如暗濤洶湧。不該讓奶奶孤伶伶的留在老家的啊！

天井那層滑溜溜的青苔惡魔似的附著水泥地，使盡了力氣也刷不去，連自己也結實的滑了一跤，早該想到奶奶年紀一大把了不耐跌的啊！我的心隱隱的抽搐。眼前的奶奶平靜的面容偶爾會皺起眉頭，細微的，似乎強抑著身心的痛苦。

這一跤，迫使奶奶萬分不願又無可奈何的搬離老屋。

簽下賣屋契約時，奶奶與我同時淚光閃爍。自此，永別那裡的一景一物，也割斷了繫聯著我與天井的臍帶，那條血脈相連的臍帶啊！天井從此成了夢土，一個水湧夢始，哺我育我滋養我的一塊沃土。

一同走過

1. 無聲的抗議

A

彷彿有雨。伸手一探，啪！擲掌有聲，好大的一滴，雨漸落漸密，愈織愈盡興，卻依然纖細秀氣，還帶著一股勻美的氣息，不似夏雨般火爆脾氣，嘩啦一下兜頭就把人澆成落湯雞。

今年的花朝落在四月。所向披靡的杜鵑不再囂張潑辣。然而明知難逃凋敝之劫，卻拼死再來一幕高潮，烈烈灼灼的鋪了一地。落紅攤在地上，寧靜得近乎悲壯，認真得近乎淡漠。和時間對峙抗衡，總是敗得不明所以，就像比賽時沒有犯規，就莫名其妙被裁定出局。

然而不甘心又怎樣？去示威、去抗議？

好呀！但是，向誰？到那裡去？

B

流蘇秀氣委婉，卻是手腳俐落的縱火者，一蓬蓬雪焰輕易的虜攫了人們的眼神。春雨不來，流蘇不開。她們是孿生姐妹。外表嬌柔細膩，骨子裡卻是死硬派的完美主義者，總是掩天覆地的開，也掩天覆地的落。樹上綻剩一片白，地上也一併氣勢磅礴。

生命能如此極至揮灑，憑恃的是什麼？就像五月的鳳凰在黃梅雨未駐足之際，花瓣已疊好挨肩的角度翼翼展放。蟬鳴鼓噪時，耀目的紅傘早已是萬綠叢中搶盡風頭的狀元。

不乾竭的生命力，汩汩無盡。她們用接力的方式進行一場漫長的拔河，對手隱匿、強悍。至於結局，絕對不是勝負的單純問題。

2. 措手不及

C

心靈最初的悸動始於一個雨季。

十二月。億萬條雨柱齊下，日夜不絕，濕冷、黏膩。世界溶化在灰色的沮喪裡，我們是晦暗國度的子民。小黑愈發病懨衰歇，洩了氣的籃球般趴在地上。牠確是太老了。頭頂和嘴角的毛髮變得斑白，股肌鬆垮。近幾個月來連陌生人走到跟前也一副老僧入定模樣，一改以往吠得驚天動地，要把人的三魂六魄都逼出竅的脾氣。

我守著小黑、守著雨。一天、兩天、一個星期、兩個星期。滴瀝、滴瀝，無論走到那兒，似乎都呼吸著雨，呼吸著潮潮黏黏的空氣。欲止不止、不慍不火、天長地久的霪雨，落得人的五臟六腑都彷彿長了黴菌。客廳、臥房，甚至廚房都拉繩子晾衣服。地上總有新新舊舊的泥漬。骯髒、不便。這就是雨季。

自昏沉的午寐醒來，奇蹟似的沒有聽到雨的單調和煩瑣的拖拖拉拉，也不見小黑躺臥地上。

「死了，埋在後院的老酸柑樹下。」

怎麼可能？兩個小時前我的手還按在牠滾圓的頭顱，舌頭舔過的掌心彷彿尚有餘溫。難道那異常明亮的眼神竟是永別的凝望？

我失神落魄的在新墳前佇立。領略到措手不及的憤怒和哀慟。死亡首次介入我的生活，帶走我最親暱的玩伴。而我完全沒有招架的餘地，更遑論反擊。

雨後殘葉遍地，襯得新填的黑土更顯刺目。老母雞領著一群撲翅奔走，吱吱亂叫的小雞來翻啄蟲子。活潑的生命力是灰陰死寂的氛圍中唯一的生氣。

爭先恐後搶食的小生命轉移了先前的不平和哀傷。尚未啟蒙的我蹲下，認真專注的觀看舞臺場景轉變之後，一幕生機賁發的戲。

D

那些蟾蜍大概沒有料到會遭沒頂之災。

大雨初晴，星空如洗。雜草叢生的小水溝裡，蟾蜍正賣力的大吊嗓子，此起彼落的獨唱表達了生命延續的渴求。

小水溝就離主臥室兩碼左右。風涼水冷正好眠，偏遇上以聲相訴、擾人清夢的情歌合奏，每令爸媽不勝其煩。

夜深人靜，媽媽被煩躁的爸爸搖醒。兩人右手套數層塑膠袋，外加備用者一，消除雜音——捉蟾蜍去也！

據媽媽形容，那軟綿綿、冷冰冰的肉團透過好幾層屏障的感覺仍會令人全身頓起冷顫，雞皮疙瘩久久不褪，噁心感持續許久，往往良夜就此斷送。

不久，土溝被填死，蟾蜍慘遭活埋。水裡許多無辜的小蝌蚪也無法倖免。其實，豆芽般的小不點十分靈巧可愛，小尾巴擺呀擺的身手很敏捷。緣何長大後全身凸麻了，粗糙的皮膚配上大嘴巴，再挺個滑稽的大肚皮，與人無尤也無端惹來厭憎。造物之初，牠們是被忽略的一群吧！誰敢說那擾人的叫聲中沒有絲毫怨懟和不滿呢？

3. 雨過留痕

E

詞是雨的靈魂。雨在際遇迥異的文人筆下搬演著萬般風貌情態。同樣的是雨，便有自在飛花的輕愁、落花獨立的惆悵、十四疊字的悽惻、聽雨僧廬的滄桑，以及一蓑煙雨任平生的豁達等等。詞人總有無盡的悲歡離合、身世感傷藉著漫無邊際的雨傾落，甚至連詞韻也暗叶雨珠的玲瓏旋律。

而對我，雨天的陰沉慵懶適合窩在被子裡看書，或坐在搖椅上配合著雨強有力的節奏，一磚一瓦拼湊記憶的版圖。

今夜，雨的意識流動似詩，如柳眼偷睜、草芽破土。遂想起一則我無法印證的傳說，關於我，母親創造的傳說。

妳出生時連日陰雨，興沖沖從南部坐了八個小時的火車，來探長孫的爺爺淋得透濕，想來日後必是個動不動就掉淚的小傢伙，乾脆讓妳的名字帶雨為誌。

我笑。原來自己尚未認字竟要參與取名這樣慎重的事。而「文」字上頭無端飄來一陣大雨，卻變成一朵斑斕的彩雲咧！

F

熱帶午後倏忽掩至的暴雨，驚天動地、酣暢淋漓。

烏雲像過境蝗蟲似的剎時墨掃天空。閃電不斷在密不透光的雲幕抓出光痕。暴雷的聲速俱疾，迅不及掩耳，吼得內臟地震一般。雲海翻騰，天色驟暗，彷彿世界末日已至。忽然天地決一口堤，千古的洪水嘩啦嘩啦傾盆，漫天徹地，大地轉眼便沒頂湮滅。

這是大自然的戲。猛烈、驚心動魄，令人緊張、興奮，充滿「引刀成一快」的乾淨落俐。

記憶裡有一場特別的雨。親眼目迎雨絲自壓得很低的雲層誕生，一根一根清晰地落，長長細細，像搓得特別溜滑的冬粉，起初稀稀落落，後來急了便成平常無奇的大雨，軋在臉上強勁有力。我仰望的姿勢，想必十分像古代百姓祈求老天賜甘霖潤地。

那是我最初也是最後和雨作如此可遇不可求的邂逅。成長歲月總有許多剎那不再的悵惘，我學會了把它們化成文字，否則，便徹底遺忘。

4. 無期戰役

夜雨似乎天生有一種魔力，把銳利敏感喚醒，讓平時受綑綁的思維掙脫鐐梏，作上天遁地的馳騁羈遊。黑暗中遂有無數精靈在飛躍。白晝慣有的聲響在雨息鼓偃旗之後的寂夜乍然膨脹，譬如，老掛鐘的滴答滴答。

每年回多雨的老家，必然會有那麼一兩晚和時間坦誠相對。小時候不明白時間的性質，常期盼它用一百米短跑的快速作衝刺，好讓難看的傷疤結痂，大人的允諾趕快兌現，恨不得一小時變成三十分鐘或更少。入學後發現時間越走越快，似乎隨著我的成長它也添加了腳力。考試時份外希望它體諒我記憶的慢條斯理。後來它簡直長了翅翼，啪噠啪噠一年一年飛去，回首不禁悚然驚懼。

這些年每回返鄉便愈加感受到它不著痕跡的摧毀力。親友長輩街坊迅速老去、謝世。髮蒼齒搖不再是遙不可及的空洞意象。死亡變得具體。

時間不斷掠奪人類最寶貴的生命資源，同時又拉拔長大一批批髫童。自古以來它用這種方式遊戲人間，樂此不疲的觀賞人們怔忡疑惑、敗得不明所以的癡呆表情。

景物的代謝更見容易。嶄新的樓房已然替代老式的房舍。觸目可見的綠卸下養眼的外衣，奪目繽紛的廣告搶去人們的注意力。人的成長追趕不上現代文明的步履，只怕到頭來落得與故鄉陌然相望的嘆息。

餘音

細雨初歇，鳳凰木梢新抽的翠綠欲滴，不知何時又將取代古典浪漫的流蘇，點燃夏的火炬。春風早已不帶刀氣，夏的綠眼探頭探腦。雀鳥媽媽們興致高昂的交換著孩子的成長心得時，是否也會憶起童騃時的點滴？

佇立。白花兒頭灑落。肩上衣襟儘是季節更迭、時間挪移的痕跡。雨，又開始飄飛，悠悠瀰瀰。

鳳凰花的故事

霏雨中，鳳凰花點燃了五月的火炬。

小雨初晴，打樹下經過，遍地濕紅，淒美得令人怵目。然而花的開落之於蒼茫宇宙，平常得宛如生靈的尋常飲水呼吸，葬花惜花不過是人世情癡，一絲也無損她們的再豔再謝。因為沒有生的喜悅，相對的也無死的悲戚。一切流水般自然，更迭變幻的，僅僅是人間情事。

在童稚的世界裡，鳳凰花普遍得就像陣雨後便伸頭探腦的野草。不開花時望去一片蓊鬱，一棵就蔭來滿室清涼。只是它們都保持著若即若離的姿態，枝椏間絕少牽手扶肩，似乎也懂得距離就是美的道理。

花開季節，那簇簇耀目的火焰姿態萬千，真像棲息的鳳凰在斂翅垂首或凌霄展翼，有的則昂首眺望，也有的在俯首靜觀；看癡了時又恍然是璀璨的雲霞懸得太低以致給高鯱的枝椏攫住，取來掛在樹梢當彩飾。

一陣風翻過，掀開的紅緞下方便露出幾株青碧，叫人分不清究竟是紅花襯綠葉或綠葉襯紅花？

老家的木屋據說原是明淨的天藍色。經過幾十年風雨的洗禮，已剝落得像四處遊蕩的癩皮狗。苔蘚老實不客氣的在靠鳳凰木旁的牆壁四處撒野，麻雀也大大方方的在屋簷築巢生子。一大清早便菜市場賣魚賣肉似的鼓譟，把還想賴床的太陽也吵醒。牠們的聲音像曲子的過門或文章的前言。日子，就是這樣掀開序幕的。

睡意猶濃的我窩在暖呼呼的床上，可以感覺到剛甦醒的空氣中有些微翕動，很輕很細，是貓的腳掌還是窗外淡淡柔柔似有若無的霧氣？抑或歲月的腳步不著痕跡的挪移？

遠處，火車的鳴笛劃過，繼而是愈來愈近的轟轟隆隆聲。閉上眼睛也可想像威風凜凜的車廂正依序掠過陳家的菜圃、連綿的香蕉林、孕滿果實的芭樂園，而後是幾排古舊的店鋪、半個大人高的茅草芭，再往遠方呼嘯而去，留下振動的空氣以及漸遠漸小的黑點消失在盡頭。於是一切便又船過水無痕般寧靜、安詳。一天三回，火車極準確的在早晨、下午和黃昏給日子劃上兩個逗號、一個句點。

常常，我守著火車。

守候著優美的車廂隨軌弧遊移，像泥沼裡俐落的泥鰍滑水；或者純粹因為好玩和搭客結一揮手之緣。尤其在陽光火辣的午後，躲在香蕉林裡就宛若向鐵扇公主借了芭蕉扇。

香蕉林左邊是陳家的菜圃。陳叔打赤胳膊的肌肉像烘乾的黏土般結實，在陽光下泛著油亮的汗光，他細緻的「新太太」著一身乾淨布衫跟在身後，大斗笠隱去她的大半個臉，兩人一前一後，一左一右，弓腰、垂首、臂膀抽動，極熟練快速的耘草。

記得陳嫂生產不久便懨懨病起。於是這位遠房親戚便來負責照顧彌月的小沁沁。陳嫂過世不久，陳叔又當了一次新郎官。

我常愛去逗胖嘟嘟、剛蹣跚學步的小沁沁。

她見我去總是咿咿呀呀樂得手舞足蹈，粉嫩的臉頰上兩個小酒渦，我每次都忍不住要親她好幾次。至於她的媽媽則總是和氣的淺笑，從不多話。偶爾給我一片剛蒸好、香膩細滑的糯米糕，或是塞給我一根香蕉、一塊糖。聽媽說她娘家七姐妹個個都出落得水芙蓉一般。

她總是默默的幹活做家事，似乎對生活沒有什麼要求。正因為她那樣無所謂、雲淡風輕的態度，引起了我的好奇。

樹的影子愈來愈短，大地像蒸籠般騰冒熱氣，風不知道躲到那個角落午睡去了，我漸漸的有些迷糊。她向我走來，一貫的淺笑。單薄的身子輕得蜻蜓點水似的。微啟的唇像飄落的鳳凰花又像翩飛的紅蝶。明亮的陽光下，那淺淺薄薄的笑竟像罩了晨霧般有些虛幻飄渺。

她伸出手來遞給我一把椰子糖。我忸怩著，剛要去接，忽然蓬的一群紅橙夾雜的彩蝶飛出，細雨般漫空飛舞。落到我身上卻又化為泣血的鳳凰花瓣，飄呀飄的一觸泥又成了奄奄一息的蝶屍，淒豔豔的鋪了一地。

驚駭的我剎時籠罩在一片蝴蝶花海中不知所措。

突然一陣勁風挾持著轟轟巨響颮過。我一驚，睜開眼卻見藍黑相間的車廂疾馳而過。地上仍舊是棕黑色的泥土，除了乾枯焦黃的香蕉葉，那有蝴蝶和鳳凰花瓣的痕跡？抬眼望去，烈日下只見綠意盎然的菜畦，又那有她蓮花般的身影？

那天下午，我躲在房裡心不在焉的翻漫畫書，腦海中卻洶湧著那詭異的夢景。從二樓的小閣遠眺村尾，茅草芭被風吹成綠浪，棉絮般的茅草花四處蓬飛，不時在我髮梢衣襟停駐。若是平時我會與鄰居幾個死黨約好去挖那嚼在口裡有嫩甘蔗般清甜的茅草根。或者裝一大袋回家給媽媽和著薏仁車前草熬一大鍋下火的清茶。

寂靜的午後，四下悄無聲。

偶爾風兒掀得老鳳凰木窸窸窣窣響，讓人誤以為雨將軍挾著千軍萬馬呼嘯而至。我倚在窗框上，看白雲在藍色的舞臺變魔術。

團團雲絮先是化為狗，瞬即蹲伏成貓，然後牠睡醒了，伸展四肢、站起、弓背、伸個懶腰，忽然卻又形變為模樣猙獰的怪獸，張牙舞爪作勢要撲過來。才一會兒便又散開，重重疊疊的湊成棉花絮，浮貼在天上。一些扯碎的便孤孤單單的浪跡他鄉。

我想起那位阿姨雪白的婚紗。

那天風吹得雲絮到處流竄，婚紗也慌亂的疾飛，她在勁風中邁著小步，手挽著強壯的陳叔，臉上是掩抑不住的幸福。只是，她的微笑像煙雲，很輕，很輕……。

忽然隔壁樓下一陣騷動。我飛快的望了一眼壁上的老掛鐘，捏一捏口袋的硬幣，便飛也似的往樓下奔去。

鳳凰木下兩個大竹簍圍了一堵人牆，當中的金水嬸滿頭大汗的應付七嘴八舌的顧客。一群小毛頭像蝗蟲似的正垂涎著米粉、麵、糯米飯和紅龜粿。篏箕般的葉隙把慵懶的陽光篩成一地碎銀，巍顫顫的灑在鼓動著雙頰、口沫橫飛的我們頭上、衣服上。大綠傘下一個單純自足的夢正孵育、醞釀……。

肚子填飽了，我們便聚在鳳凰樹下跳房子、玩鬼捉人，或者乾脆彼此取笑嬉鬧。此時天空總是像著了火似的殷紅，在農地裡忙了一天的大人陸陸續續的騎鐵馬歸來，烤了一天的太陽鹹蛋黃似的油紅，不斷的向地平線靠攏。直到夜色一層一層加深，媽媽們從四方直搗大本營，我們方意猶未盡的做鳥獸散。

一天在晚餐桌上，爸媽聊起陳叔和那位阿姨，卻有些神色凝重，伴著微微的嘆息。每到這樣的「關鍵」時刻，我就乖乖的扒飯，靜靜的等待下文。

算命的說阿陳命中無子他偏不信，阿霞去了還敢讓她懷小孩，唉！

「阿陳單傳哪！這也不能全怪他，都是命啊！」媽邊給爸添飯邊皺眉。

我怔忡的捧著吃了一半的飯，夜色漸濃。那個奇怪的夢又浮現。

依稀記得村子盡頭靠近橡膠園處有一間白色建築物，外面圍著鐵絲網籬笆，裡層長滿了繽紛的變葉木。每隔幾個月總有排隊等著替雞隻「打針」的村民。人雞共鳴、汗水相聞的場面熱鬧非凡。

我尾隨媽媽，手提雙腳緊縛、沉甸甸的大公雞，耳聽四面八方、此起彼落的本地新聞，快活自在的很。不聽話的公雞掙扎鳴叫，我狠狠的在牠腦袋瓜上敲一記，咕噥著詛咒牠早日被殺了煮米酒，讓我吃進肚子裡去。

一轉眼，瞥見陳叔，還有，那位阿姨。

她穿了一件米黃色的寬鬆直落腰際過膝裙。細瘦的身子挺著凸起的肚子，不勝負荷似的一手支腰，緩緩的跟在陳叔後面向人龍走來。

「阿陳哪把公雞閹肥了好煮麻油雞。」

「亂講！母雞煮麻油雞才夠補。公雞是等生了兒子請大家吃滿月酒用的。」

「肚子尖尖的，一定生兒子。」

陳叔滿足的笑開了，她仍一貫的低首斂眉，然而嘴角流盪著將為人母的喜悅。

可是那夢……。若我能騰出一隻手，真想把那奇駭的夢和可怕的預感自腦中拍掉。然而我也暗自納悶為何一向少做夢、不記夢的自己老是把蝴蝶鳳凰花和她牽連在一起？

「往前移呀！」媽的聲音如暮鼓晨鐘。「妳最近怎麼老在發呆？」說著啪的打在我肩膀。

挪移了幾步再回望，她的身影隱沒在人龍裡。遠處，鳳凰花無聲無息輕飄飄的飛上了樹梢。

細雨斷斷續續滴了幾天，鳳凰花遞次開放。先是一小撮害羞的點染著末梢，後來仗恃著朗朗陽光的嬌寵，便大著膽子放縱起來，一大叢一大叢往綠葉潑去，不過幾天便燻紅了整棵鳳凰木。那陣子無論走到那兒都像有熊熊烈火燃燒著。靠近白色建築物那棵簡直是火傘一把，樹下則是一張花瓣織就的紅氈。樹上地上全是瀲瀲的殷紅。那姿勢像是要把生命推向頂峰，作一次全心全意、轟轟烈烈、無怨無悔的演出。村子裡的人都說那棵鳳凰木瘋了，紅得如斯不尋常、如斯駭人。

一個天陰陰的下午，我和死黨阿玉攜了塑膠袋約好去拔茅草根。最近那片茅草芭一把火給燒得光禿焦黑。聽說要開墾種花生。地下密集的茅根正好熬幾鍋涼茶壓一壓這幾天的燥熱。

未抵香蕉林，遠遠的便聽見一連串驚天動地的鳴笛聲。一輛救護車停在陳叔家門口，兩人自車上跳下，迅速的抬了一個人往車裡一送，便又嗚嗚嗚的開走。

腦海電光火石一閃，我拋下阿玉拔腿往家奔去。在門口幾乎和同時閃進來的阿玉她媽撞個滿懷。

「唉呀！不好囉！難產哦！接生的金水嬸說小孩子生不出來。唉呀！菩薩保佑。」

正炊火燒飯的媽媽給這麼突然的一嚷便放下了柴薪。接下來阿玉她媽連珠炮的說了什麼，我一點也沒聽進去。一顆心不知是因為奔跑或驚駭過度而狂跳著。挨著門檻坐下，斜對角的土地神在向晚朦朧的光線中給我一種異樣的安慰和寧靜。我不由得暗暗祈禱土地公保佑她平安。又有些懊悔平時不多給祂燒香倒茶。

她還是走了，帶著未落紅塵的骨肉。

靈堂內，誦經聲音低沉，一波又一波徐徐盪開，似海濤呼喚守望的岩岸。然而無盡的符咒豈化得開陳叔糾纏的濃眉、鬱結的心？師父玄黃的法衣難道真能變成輕舟普渡亡魂？沉香瀰漫呀飄渺果真如鏡花水月的人生？
靈堂外，夕陽晚風中一地落紅淒迷。那縷縷花魂是否化作瓣瓣彩蝶翩飛而去？

來時路

遊蕩的精靈尚未成人之時，世間億萬路徑早已成形。無知的他臨路眺望，不及思索選擇便自渾沌墜入塵世，一聲嬰啼便開始了漫漫人生。這一走便如水東逝，直到白髮三千，身首化灰，永遠無法再回頭。

可是這世界終究是講理的。失去的既無法追，我們卻可以以眼為墨、以心為紙，把一路風景拓印，裝訂成畫冊，藏進時間之魔無法褫奪的記憶之苑囿，隨時可以進去和昔日的快樂哀傷溫存敘舊。

我就常常蹓躂著不起勁的腳步進入我的王國，跋涉十幾年的時空去探訪昔日的黃泥小路。小路像當時穿著白襯衫藍襪子的我，有著簡單的喜怒哀樂。

那時候快樂就像無所不在的空氣。每個清晨甦醒，日子便像鼓脹的氣球，踏上很會爬山的小路，便似水手揚帆出航。

小徑是一條黃褐色的蛇，彎長的身子在綠野中匍匐。兩旁的油棕樹挺立迎向藍天無限，卻又不忘垂下葉梳凝視緊偎身畔的蕨和腳下纏綿的葛籐。霧氣氤氳，在樹林間搓揉行走。天地是初生的嬰兒，瀰漫著最原始的清潤之氣。

在童稚的歲月裡，上學和空氣與水同樣重要。當然也期待放假，然而總不如長大之後迫切。那時考試和分數尚不猙獰。上學和快樂有一大片交集區域，甚而是兩個重疊的圓。成績單上的數字並不強悍至可以主宰我們的思維和走路的方式，譬如專心一致、目不斜視快步走入教室和書本度過最適宜記憶的曼妙晨光。

這一片綠色的伊甸園是快樂紮根、渾沌啟蒙之處。小徑，也一直忠心耿耿的護送我們上課放學，看著歲月和我比高，也放縱我們在她身上追逐嬉鬧、踢石子，肆無忌憚的釋放心中快樂的氣泡。

這段三十分鐘翻山越嶺的行程，是一卷攤開的山水。油棕葉在高處織了一頂蓬鬆的綠冠。針線隙處恰好讓晨光安插一大把金線，等晨起的山鳥、松鼠、草蟲和野雞的音符上譜，奏一曲晨光交響樂。

路邊不起眼的野花宛如鄉間女子，在風雨的洗禮下自在的長大。眉宇間是乾坤的清朗，一點也無驕矜之氣，容顏打扮亦有粗服亂頭之美。

上學時為了讓制服保持雪白，我們是規矩的小羊。放學時便是出籠的兔子，從山崗一路奔竄雀躍顛躓而下，一不小心便讓石子絆得皮破血流。弄髒變黃的衣服總會招來一頓荊楚之痛。然而滑翔的快意是一種無法拒絕的誘惑。尤其是蒸籠般的晌午，能一口氣拋掉一段路，免去一些揮汗如雨的苦，該多麼愜意快活。

大自然是一冊無字書簡。我們先認識了鳥窩蕨、鹿角蕨的長相，才從課本上知道它們的名字；先品嘗了西蕃蓮、野楊桃的玉露瓊漿，方探明它們的姓氏；至於讓鴨子吃得腦滿腸肥、直痾青屎的鴨仔菜嘛，則是媽媽親自上陣實地教導的。而採摘車前草時更有「采采芣苡，薄言采之」的緊張心情，手腳稍慢便只能側立路旁瞻望咨嗟了。

當我能把簡單的快樂和不快樂行諸文字，作文簿裡便常常擱淺著與路有關的意象。那篇記錄小路的文章甚至還刊登在報紙的學生園地。這小小的鼓勵喚醒了我的發表慾，我開始把渴望和生氣斷斷續續寫進未用完的練習簿，壓在枕頭下。

在日累日、月逐月的跋涉裡，隱藏著一種我不太瞭解的奧祕，卻又感覺到它與現實世界依偎重疊。新學期開始時顯現在長大長寬的腳丫子、變短變窄的制服上。當裏在青青絨毛裡的野西蕃蓮轉黃、馬櫻丹的灼華數度開落，心裡便隱隱有微絃扣響：是有什麼流逝了，流逝在每日的飲水呼吸嬉笑中。

路，終於必須通向離開家十幾公里外的中學。童年，在生命拐彎的地方向我揮手告別。

柏油路沒有小路的塵土飛揚，輪子免去了雙腳的跋涉之苦。起早摸黑、日日沿著同樣的路線，在灰黑的天色中來回的日子卻愈來愈不快樂。

那一輛標誌著不超載四十人的學生巴士，卻擠了近兩倍的人。每當我揹著沉甸甸的書包，很有學問似的再抱兩本書被推上車時，總會看到那耀眼的標誌很諷刺的對我發出紅色的警告。

直到車子每一寸空間都或站或坐，有人被迫金雞獨立時，那留著一綹山羊鬚的馬來司機才猛力吸一口菸，踩動油門，讓車子發出一聲滿足的飽嗝，徐徐的沿著黎明和黑夜的邊界行進。

一路上照例是震耳欲聾的西洋熱門歌曲。鑼鼓吉他喇叭電子琴瘋狂的音符在人群中鑽動；歌手嘶啞著嗓子從肺腑吼出滿腔的悶鬱。車子顛簸著，書包壓得肩膀發痛，彷彿所有的字都化成了鉛，千斤重擔架在動彈不得的身上。抄寫下來的英文單字不知是被音樂還是猛獸般的車子震得如蚯蚓似的蠕動。

風帶著寒意自車窗撲入，和不安的音符糾纏廝磨。好不容易入腦的單字總是讓竄入流出的風和顫抖的空氣肢解得只剩零碎的字母。窗外黑黝黝的橡膠林、油棕園和樹林像一幅用墨太深的山水畫，偶有點點燈光閃綴。

我覺得自己是個孤寂的旅人。前瞻、渺茫不可知；回顧、不可重溯的時光徒有增加傷感。天地悠悠的無助日日像潮水漲落。飢渴。心靈乾竭的痛楚。而考試和分數不停的茁壯生長，佔據了所有可以伸展的空間。大人衡量我們的標準愈來愈不客觀。風景，漸漸荒蕪，甚至每日車上眾多惺忪的表情也隱隱透出沙漠的乾旱。

我想念小路。然而飄走的氣球已無從尋覓，我像手持斷線的小孩對著天空悵然若失。

然而造物者是公平的。時間搶走了我們的伊甸園，卻又讓我走入廣闊的文學宇宙。讓錦繡天地化成一本一本案頭山水引領我走出壓抑的現實，把我提升、淨化，給我另一片寧靜美麗的土地，使我暫時忘記單字和分數之間的邏輯。

我覺得自己再次回到往昔。不同的是經考試煎熬、分數鞭打、壓力火煉之後，我明確知道未來該走的路。

於是，我來了。

來到三千浬外的小島。在師大的紅樓中泅泳於浩瀚的中國文學之海。而今，沐著日光大道水靈靈的秋陽，卻顧所來徑，竟有歷經旅途疲累之後的寧靜。

回首，也無風雨也無晴。

島嶼紀事

我已經失去了那座島嶼。

再回去的人臉上都寫滿失樂園的悵惘與迷思。據說文明的浪潮淘盡了原始的記憶，綠林山川早已成為歷史的古蹟。時光鄉愁的患者啊！只好捧著破碎的碧琉璃，無奈而失望的回到現實的世界裡。

有時候，我又覺得並沒有完全失去那一座島嶼。因為我把那塊未琢的碧玉藏在記憶的百寶箱裡，時空的鏽痕侵蝕不了它。只要我願意，隨時可以取出把玩，仔細欣賞，看每一道原始的線條、每一個稜角、每一處凹凸的痕跡，感覺它的溫潤輕細。

島嶼躺在南中國溫柔的搖籃裡。那年舉家南遷，適我啟蒙。於是在那塊神祕而瑰麗的土地上，海風輕拂的小山崗，那間只有兩排教室的小學，便成了啟我蒙智的母親。

學校的詳細位置已不復記憶。只記得由外面看去是高高低低、深深淺淺、不透光的綠。那是比軒昂大漢還魁梧的朱槿；朱槿下是和我一般高的竹籬笆；竹籬笆下又蹲踞著茂盛的藍薑。纖細的爬籐鑽進隙縫、攀上竹籬笆，不停的往高處爬。在這片綠葉砌成的城堡，任誰也想不到裡面有一片紅得像火、豔得像血、耀眼灼目的相思林。

那個清晨，晨曦微顫，靜寂無聲。初見紅霞和相思子融成的一片氤氳，我蹲下，抓起一把紅豆筴在掌心摩挲，一時竟誤以為億萬顆紅星自天空墜落，又像是不小心掉落的一片焚霞。我想做這片相思林的主人，那我就可以隨時或躺或臥，在這銷骨的錦緞紅雲中讓肉身溶解、靈魂昇華，想像自己是鳳凰，張開絢麗的翅膀向白雲深處翩飛。

週一的早晨照例是升旗典禮。整齊的隊伍肅立在相思林左邊的操場上。國歌奏起，國旗飄升。課室屋簷下的麻雀飛進飛出，把一個個音符譜在國旗紅白相間的五線譜。

立正！稍息！簡短有力的喝令聲響。我趕快把手挪到背後，微張八字腳，校長一清喉嚨，先以一聲低咳過門，然後開始校務報告兼訓話。

童年的太陽有一張酡紅健康的臉，愉快的從柔軟的雲床爬起，掀開雪白的霧帳，趁探臉和我們見面之際，給天空換上繽紛的朝霞。

校長說到獎學金。剛好兩隻麻雀從他頭頂掠過，然後停在光禿的枝椏上，用細瘦的腳丫勾住樹枝。風踮起腳尖躡手躡腳走過，豆莢紛紛墜落，沙沙沙！還伴著麻雀的吱吱喳喳。校長推一推眼鏡架，繼續訓話。我瞥見左側一棵相思樹掛了好多爆裂的豆莢，黑色外皮下露出鮮明的紅豆；在晨光中搖搖欲墜。水靈靈的涼風不停穿梭，那些探頭探腦的紅孩兒便窸窸窣窣爭先恐後飛身而下，彷彿雜貨店的老闆撥弄算盤，滴滴答答滴滴答答。

休息時間，我總愛在樹下徘徊，離開島嶼，我唯一帶走的，便是那幾瓶相思子。閒時把玩，昔日便又一顆一顆的凝聚。所以我常想，也許我並沒有完全失去那座島嶼。

相思林對面最末一間教室，是腳步踏入知識的殿堂，生命轉折的地方。一年級才十三人，與二年級共用一間。於是上起課來便帶著遊戲的興味。老師給二年級上課，會吩咐我們寫生字、背乘法表或抄書。可是我們卻像一群不安分的兔子。老師講古，我們也豎耳屏氣凝神傾聽；抄生字時總忍不住聊天；他們上乏味的數學，我就讓眼睛去追逐詭異變幻的雲、任思緒去放風箏。

我最喜歡教自然和美術，外號聖誕老人的李老師。他頂一頭既濃密又像鋼絲的頭髮，鼻子紅通通的，說起話來鼻音很重，嗡嗡嗡好似一群蒼蠅縈繞著他飛舞。

他教我們觀察綠豆如何抽芽，又指導我們種地瓜。圓兜兜的綠豆躺在雪白濕潤的棉花裡，不過一個上午便變胖變軟。然後小心翼翼伸出一隻雪白的腳穩住身子，彷彿是要確定這是一塊水源豐足的好地方。翌晨他們便神氣的往上抽長，爭先恐後張開綠滋滋的葉片迎向窗戶的朝陽，一點也不似昨日那般矜持。

學校後面有地瓜圃，清晨到山崗，我總會去探探那畦綠，屈指細數收穫的日子。暗紅肥碩的地瓜沉甸甸的捧在手上，比作業得了五顆星還要雀躍和興奮。

當美術課碰上陽光理直氣壯的上午，我常期盼李老師會縮一縮鼻子，壓一壓他蓬鬆的頭髮，用嗡嗡的聲音說：「我們出去寫生吧！」

寫生的時候我總愛在相思林下獨坐，面向教師宿舍和繽紛瑰麗的變葉木，靜靜的記錄藍天白雲。一連幾次都重複相同的景物之後，李老師詫異的問我：「妳怎麼每一次都畫天空？試試看畫相思林嘛！」

我靦腆的笑一笑，答不出來。

若時光可以重現，我會告訴他，其實每一張畫裡都隱藏著相思林變幻游移的陽光、葉濤和樹影；每一張作業都糅合了兩幅繁複的圖像。我還要透露一個小小的祕密：其實我愛的是綠蔭下、珍珠氈上、涼風徐徐的休閒和舒適。

有一次寫生完畢，老師告訴我們下星期要捏泥人。隔座的寶珍馬上湊過頭來壓低聲音問：「我家有好多黏土，妳要不要來看一看？」她滿月般的臉上兩隻小眼睛閃著懇切的光。我望著她缺了兩個門牙的嘴，不作聲。她又說：「中午，就中午來好不好？我家還有兩隻老虎貓，很肥，有這麼大。」她很認真的比劃著。我有點心動。可是萬一爸爸早來……「哎呀！一下子而已。我家就住在學校後面，不用兩分鐘就到啦！哪！就在那邊。」她往窗外一指。陽光下，又見濃密的朱槿葉兀自閃著油光。

上完最後兩堂數學課，天色突然轉暗，烏雲迅速移動。同學們陸續離開後，氣氛漸漸冷清下來。

我搜索著爸爸魁梧的身影。他常用炸石廠的無門大卡車來接我。而我在轟轟隆隆的馬達聲中常睡倒於黃塵滿佈的座墊。爸爸一手控制駕駛盤，一手還得騰出來扶持我。長大後每聊及此，心裡總有一股熱流燙過五臟六腑，而爸爸卻輕描淡寫的帶過。

此刻空氣中隱隱有水的涼息，烏雲重疊再重疊，厚厚實實的佔去了藍空。書包和眼皮愈來愈重、雙腳漸漸乏力。

一張笑嘻嘻的臉突然出現。寶珍一手拎著塑膠袋，一手持樹枝，有一搭沒一搭地撥著泥土。她神祕兮兮的說家裡有好東西要請我吃，咕嚕嚕叫的肚子使我不由自主的點了點頭。

那間木屋烙滿歲月的痕跡。木板剝落得像隨處流蕩的癩皮狗，青苔放肆的在水泥地的裂縫繁衍。甫入門檻，魚簍的霉腥便一陣陣撲鼻。

她的阿嬤坐在屋簷下。臉龐乾癟枯瘦，像被瀝乾水分掛在簷下風乾的馬鮫魚。她蠟像般獨坐，遠看還以為是披了暗色碎花布的老舊家具。那空洞洞的眼神漠然飄過我們，便又入定在遙遠的時空裡。

我怯生生的緊隨寶珍往大廳走。神龕上暗紅的燈蕊在陰暗的光線中閃爍著末世紀的氣息。半截香枝吐著煙，朦朧的在關公那張煞氣的臉上游移。神龕上方掛了張泛黃的照片。老人的眼光直視，似笑非笑。

好不容易穿過大廳拐入廚房，微香飄送。竈口裡火星明滅。兩隻黃褐斑紋的大貓瞇眼綣身、舒服的依竈而眠。

我從未見過如此漂亮威武的貓。堅挺的脊骨覆著鬆軟滑亮的毛，頭顱滾圓像兩顆碩大的泰國番石榴，不仔細看還以為是兩隻小老虎。

寶珍自尚煨著柴薪的鍋子盛起一碗湯。金黃的湯液中，兩顆乒乓般大的球狀物隱隱浮動。香味撩起飢餓之火，我把那有彈性的像蛋黃的丸子半嚼半吞下，扒口飯，便自顧吃起來。

寶珍蹲在黑糊糊的竈前翻動柴火，一面用火鉗比劃大貓英勇的捕鼠記錄。不一會兒，空氣中多了一股甜香。我想起那個塑膠袋。「妳偷挖蕃薯？」「噓！才兩個而已。不要大驚小怪啦！先問妳，剛才的蛇蛋好不好吃？」

轟隆一聲驚天動地的雷響，大雨劈哩啪啦傾盆。鋅板屋頂被駭人的力量擊打。

自午睡驚醒的我看見一條軟軟長長的大肉柱在床腳匍匐。閃電張牙舞爪、雨聲吞噬了我的號啕。眼看舌信就要舐我，爸爸弓般彈了進來，抱起五歲的我。

閃電竄逝，一條人影闖入。我撲倒在爸爸濕漉漉的懷裡。

回家後夢魘不停的糾纏我。兇神惡煞的大漢顫動著青筋浮凸的雙手，指節如鷹爪，在我身後緊緊追蹤。四周是黑黝黝的曠野。突然電光一閃，出現怪笑，尖牙利齒的老太婆，握著一條叫人頭皮發麻的青花大蛇。

若記憶是浩瀚無垠的宇宙，島嶼便是億萬星球中最閃爍的一顆。學校是天，山巒中那個小小的聚落是地。天地合起來便是七歲那段永恆的記憶。

聚落像一把隨意灑散的骰子。那是工廠所設的員工宿舍，除了爸爸攜家帶眷，其他的同事或隻身前來或未婚。島嶼，一開始就注定只是驛站。

莽莽叢林像千軍萬馬駐紮守候著聚落，放眼望去，茫茫林海無涯無際，像銅牆鐵壁又似迷宮。這樣隱密的所在，我以為它一直會無恙的遺世而獨立，卻沒有想到那不過是乍現的桃花源，待欲再重覓，卻如春夢了無痕跡。

在山風海雨的原始裡，日子的齒輪依然不斷的推移。白天，坦蕩蕩的陽光化解了林野的沉寂。山林是動物共同的母親。離開小白屋不遠的林子，常有猴子成群追逐嬉戲，啼叫聲在靜寂的午後越發清晰，暮色中更顯蒼涼淒厲。幼稚的心靈似乎也能感到天地悠悠的孤寂。

晚後隨媽媽出去散步，猴群見人來便倉皇逃入隱蔽處，也有膽子大的睜著大眼對我們定定觀望，甚至轉身露出紅通通的後臀。

斜對面的小山崗海拔雖不高，但因有海洋吹來的濕潤之氣，空氣遇冷便成霧。霧在山腰搓揉行走，時聚時散，晨霧暮靄裡遠眺，總是一片迷濛。

媽媽常抱著啼哭的么妹在門口遠眺，給她講一遍又一遍的孫悟空、唱一遍又一遍的採蓮謠。而在故事和歌謠的背後，蘊藏著母親對這座島嶼複雜的情感。

遠離城市，在精神上固然享受著無上的寧靜；然而失去了文明的屏障，生命卻裸露在無情的自然裡，隨時得面對不可預知的殘害力。

每當夜闌人靜又適父親加班夜歸，媽媽獨守五個稚幼的孩子，諦聽山風呼嘯怒吼，白天原是明朗的林海忽然都變了臉色，化作幢幢鬼影隨風飄動。她牽掛著未歸的爸爸，心中除了深絕的孤獨，還有無言的恐懼。

一個細雨後的清晨，泥地上赫然出現老虎凌亂的足跡，一直錯落沒入後山。這山林巨霸加深了爸媽的戒懼。爸爸自此早歸，並且每晚陪我在書房讀書認字，七歲的我倔強又愛哭。偶不專心換來略重的呵責便即刻淚眼滂沱，總要父親輕言勸慰再三，方收起淚泉。五姐妹中唯有我是在父親的呵護和督促下走過啟蒙。也許，我應該感激那座島嶼。

父親在家，夜變得和緩而溫馨。偶有同事連袂而至，便三五人把酒暢談。微醺時，豪情壯志如浪花澎湃。語調中透露出委屈和牢騷，滿是蟄居深山而暗戀紅塵的心情。

此刻我方得窺見蒼蒼山色、瀟瀟海雨對英姿勃發的靈魂是一種禁錮和壓抑。小島的平靜和孤絕、晨曦的氤氳、山嵐的淒迷、虹彩的幻化，也許更適於一顆需要憩息的心靈。

年輕的父親也有類似叔叔們的心情。只是我實在太年幼，以致無法解讀杜康入腸之後，那雙深沉的眼睛所隱藏的言語。所以當不景氣的浪潮襲捲，工廠倒閉，父親毅然離開島嶼。叔叔們在家裡作臨別小聚，亦沒有絲毫留戀。可是十幾年後，當他們忙碌奔波於滾滾塵世，厭倦於到處路標人潮車河之際，卻開始懷念久違的島嶼。

他們歸去，驚見滄海已化桑田，原始的一切已無從尋覓。武陵漁夫至此已完全失去了桃花源，文明粉碎了他們完美的回憶。

我應該慶幸。慶幸自己的碧琉璃依然完好如昔。

我並沒有失去那座島嶼。

亂葬的記憶

是因為期待吧！夜，變得神經質而拖泥帶水，像個不乾脆的敏感傢伙。在迷糊又清醒之間輾轉許久！原本只有蟲鳴的靜，被一隻雞啼破了。

睜開眼睛，晨曦終於跨進了院子。我喜孜孜的推門，啊！只是，原來只是，篡日的月光！吶吶轉身，不由得埋怨那隻欺騙時間的公雞，再臥躺，已睡意全消。白色的天花板上，那灘暈黃水漬，是隻引頸遠望，也在等待的綿羊。

不久，窗外有腳步聲開始繁殖，家裡也逐漸活絡。先是父親叭噠叭噠走出門，接著是一聲「咿呀！」，門被輕聲掩上，母親尾隨在後，也離開了家。

他們似乎都有天生的節奏，父親是劈哩啪啦的賀歲歌，母親則是搖籃曲，舒緩而輕柔。他們上路不久，一聲高亢的鳥叫，不，是十分接近八哥的口哨聲，狠狠啄動我的神經。

終於來了。

我貓叫三下，那廂立即會意。關不住的笑意一路伴我繞到天井。井水冷洌，卻澆不滅得意的火焰。我漱洗一陣，確定爸媽已走遠，隔鄰愛學是非的二婆家裡也靜悄悄的，才推開後門。

一聲吆喝突如其來，嚇得我把塑膠袋摔在地上。蕃薯和蓮霧滾了一地。闖禍的人抱歉傻笑，蹲下去手忙腳亂撿起意外的差錯。我決定「修理」這個「鳥人」。

「喂！我不去了。」向來不肯喊他的名字，叫了太正式，就顯得生疏、有距離。果然，這招比打他一巴掌還有效，他結結巴巴，愣愣的吐不出字核兒，薄而強的唇是無法張口的蚌。我大笑，他立刻舒了口氣，提起塑膠袋往我家柴房的香蕉林走去，牽出半鏽的腳踏車。

香蕉正在辦喜事，每個垂著的花苞都鼓得又紅又實；兩叢甘蔗也長得又粗又長，潤黃的色澤正炫耀它的甜度；蕃薯的澱粉在膨脹，空氣裡泛著收穫的甜香。

「坐穩了？」

「嗯！」剛說完，晨風馬上不安分的來抓我的頭髮，搔動他的衣襟。就在這樣一個微涼的早晨，我初次經驗一種從未有過的氣息——那原始的單純，它牢牢嵌進了我的記憶，此後我尋覓一生，卻從未再現的震撼。

十五歲屬於尷尬的年紀，成人的國度還跨不過去，小孩的樂園拒收超齡的學童。他用力踩動腳踏車而蒸出的氣味，混著泥土、青草、牛糞和露水，調拌出令人微微顫悚的氣息，陌生的，似乎曾在父親身上出現，但又異於那種濃烈、強悍，近乎力的野蠻。他的，毋寧更契近細雨的溫潤，淡淡的，就像空氣裡的草香。

這般奇異的氣息，如一股內爆的力量，不斷膨脹、擠壓。終於，它撐裂了包裹童年的稚嫩殘繭。毛蟲悄悄地長出彩翼，完成蝴蝶的蛻變。

雲薄薄地貼在天上，天空是沉默的藍。我沒有說什麼，他也沒有。只剩小徑和輪子的碎語、風悠長的尾韻。有些緊張，好像偷窺了宇宙的深藏的祕密。

他忽然打個驚天動地的噴嚏。車子搖晃，走了小小的S字形。「你冷？」「不！」堅決的否定。頭向上略仰，露出衣領上的一截脖子呈蛋糕的脆褐。

「我們究竟去那兒？」車子已經騎出熟悉的景物，綿延高聳的喬木不時滾落不聽話的露珠，在我頭頂、鼻尖，留下尖銳短暫的冰涼。

礦湖再去就是亂葬崗！窮得連墓都修不起的孤魂野鬼就在那裡比鄰而眠。那是母親的禁地，她固執地認為世界二分，陰界自成完整的秩序，陽界的人必須恪守井水不犯河水的鐵律。

「去看我的妹妹。她睡在那裡快七年了。」妹妹？我打個寒噤。剎時草木都化成鬼眼無數，冷冷打量兩個半大不小的入侵者。

車子很快來到荒涼的墳地。滿山的鳥鳴悠悠，彷彿永不停歇的安魂曲。所有隆起的土墳都一個模樣。沒有墓碑，只有歪斜的木牌位零亂散置。死去的人再也不需要名字，那不過是活著的人別同異的標記。

他彎下身，除去鮮嫩的野草，細說沉甸甸的往事。語調卻平緩得令人害怕。我微微暈眩，不知是因為白花花遊移的光影，抑或貧乏的睡眠。腦海不斷出現一幕無聲的畫面：單薄而倔強的少年正奮力掘地，一下又一下，企圖挖通生死那扇門，任雨水在身上蛇行、咬嚙。一切旁白都失去了意義。

深呼一口氣，他環顧四周，突然指著右前方：「看！」竟是猴子！小猴掛在大猴子胸前，享受日光浴裡的天倫之樂。大猴靈活而警覺的目光不時瞄過來。樹葉搖動，又一隻棕色的長臂傢伙盪過兩棵樹，坐在枝幹上好整以暇的打量兩個不速之客，任憑樹枝上下搖晃而無動於衷。

他說猴子比人善良、安全。對於人類頻繁的打擾，只有善意的好奇。在可靠的距離之外，各安其所。我明白他在感慨同一屋簷下的父子，竟比陌路更不如。

他口中的「老鬼」在我的記憶中，總是搖擺著豬公規模的身軀，在大路上大聲吆喝，無視於人來人往，以及無數鄙夷的眼神。去年的年夜飯，談興正濃的父親夾起豬大腸，戲謔的說：「你們看陶酒鬼的大肚子能裝得下多少腸子？嘿！恐怕比五串豬肚的分量還長吧！」

大家笑作一團，我卻食不知味。勉強扒完飯，連過年的心情都冰釋，匆匆回房。只有酒鬼父親的「家」，是如何過完一個又一個冷清的年啊？

「家」是他背後潛藏的毒蛇，我永遠也不會瞭解他的複雜心事，對於突然冒出來的「妹妹」，我的訝異甚於意外，甚至，有些嫉妒。死亡並不可怕，也不等於消滅，悲苦之中竟透著淒美吧！

他望著我，誤解了我的沉默。

「妳害怕？那以後再不帶妳來了。」回程的路變得遙遠而漫長。悶熱的風從四面八方掃過。鈍重的腦子像團鉛。到家後才發現，蓮霧和蕃薯留在墳地，全都祭了孤魂的肚腸。我口燥舌乾，直把水灌得肚子咕咕抗議。

一連數日，我陷入半恍惚的精神狀態。這世界蘊藏太多神祕，而神祕，並不盡然是美麗。然而，日子仍然得平常而紮實的過。父母親上午到自己的菜園幹活，下午就去村長的花生田裡幫忙，總要天黑才帶著一身汗酸和空飯盒回家。時間就是金錢，這是種地人的哲學，誰不是在和白晝角力，搶在太陽之前多做點事？

正逢芥菜生產過量，醃酸菜的活兒就落在我的身上。十幾二十公斤重的芥菜攤在地上，洗淨、濾乾、密封入沸騰再冷卻的鹽水中。這些做起來費時又費力，不若摘芒果、醃芒果來的有趣。

核心尚軟的小芒果有本事把人酸得鼻子眼睛全擠在一起。然而那股青澀的酸卻有一股無法抗拒的吸引力。他又愛又怕，我總是塞兩顆在他的書包。就只兩顆，絕不心軟。母親叮囑再三：食多傷胃。

芒果壓得樹枝低垂時，他會在闃寂的下午出現。身上還穿著來不及換下的校服。我總愛調侃他炫耀自己是鎮上最好的高中裡的高材生。他一急，講話就結巴，期期艾艾一句話要說得汗流。那兩件繡著校徽的白上衣，都印有芒果汁的污漬。抱歉的話始終擱淺在心裡，最後便慢慢風乾了。

他在芒果樹上的敏捷一如猴子。年紀比我還大的芒果樹，有著中年人粗壯的身軀，有些枝幹還纏滿金線蕨。他抱著枝幹猛搖一陣，果落如雨，墜在柔軟的草地上，有些滾到草叢的，幾天之後發現時，一粒粒趴著，早已「睡軟」、發黃，失去鮮脆了。

有時候，趁他專心一致的搖芒果，我入屋悄悄翻他的作文簿，想扒出一些他心事的蛛絲馬跡。可惜清一色的議論文，吸引人的倒是他活蹦亂跳的字體。每一個字都關不住，總有一捺一撇在格子外撒野。

芒果堆進倉庫後，趁黃昏未降，他載我到廢礦湖邊。自從吳嬸發瘋投湖後，這裡便杳無人跡。魚苗多如青草，他從不曾空手。我家池塘裡那兩尾泥鰍，就是他送來的。泥鰍聽到人聲不但不躲，還會游上來吐口水、討食物。

湖邊開滿雪白的茅花。空氣裡若有若無的絨毛逗得鼻子微癢，直想痛快打個噴嚏。午睡的牽牛花被吵醒，氣得拿長長的爬籐絆了我一跤。膝蓋正好跪在石尖上，血流汩汩。沒有錐心的疼痛，血像是進行一場壯烈的演出，劇情該落幕時，自然就止住。結果魚沒釣成，倒收穫了一枚花狀疤痕。

年底的雨季來臨，長命的哀號不停，時而轉為委屈的低泣。連穿在身上的衣服都可以任意擠出一灘水。爸爸坐立不安，雨勢一小，帶了幹活的傢伙就要出門，卻老是半途折返。他仍然閒不住，又開始翻箱倒篋，拼命找事磨時間。家裡每一把刀都磨得亮出寒光。

爸媽都在，他不會來。

有一晚狗吠之後，依稀有腳踏車馳過，隨即被敲窗的夜雨吞沒。自從經過那陣氣息的洗禮，一種陌生的情感悄悄萌芽，帶著些許焦躁、不安。這樣的事情無論如何也是不能、不好意思開口找人傾訴的。鬱悶中我想到慈眉善目的觀音娘娘。頃刻又覺得自己十分可笑，向來對母親燒香拜神不以為然，自己面臨疑難，卻落入同樣的窠臼。

結果我半途而返。雨後的泥路難行，每一步都和濕土糾纏不清。天開了，陽光懨懨，充滿有氣無力的病態。父親一大早就火燒火燎地下田，比出遠門還興奮。

中午時分，蒼穹突然拉高了許多，晶瑩的寶藍色如一面升空的湖水。我摸摸結痂的膝蓋，想起纏綿透迤的牽牛花。她們不牽牛，只牽心。

窗外滿地暗紅的芒果花，甘蔗東倒西歪。撕去腐黃潮濕的葉片，連日大雨，只怕甜度要打折扣了。瞎摸一陣，仍舊覺得一顆心懸在半空，飼過雞，我竟決意去尋他。

我幾次踏出家門，內心激戰。終於按捺下來。

爸媽邁著積了厚厚一層泥巴的鞋子回來，剛入門檻，顧不得附在小腿上血吸得肥飽的水蛭，大驚小怪喊：「哎呀！酒鬼落湖，翹掉啦！」

我一下反應不過來，腦子一片空白。等意識到事情的嚴重性時，蹦的跳出一個問題：他怎麼辦？

怎麼辦？沒有人會關心這個問題。大家針對主角大發議論。一群鄰居七嘴八舌地討論致死的種種可能。我因在漆黑的房間裡，對好事者無用的多餘假設憤懣不已：去問死人，他會爬起來滿足你們的熱情盛意！繼而一陣寒意涼透全身的神經：他的詛咒應驗了。那面細絹一般的湖水，又將為亂葬崗邀來一縷新魂。

窗外白色的月光投下慘淡的光芒。大自然平靜如故，人事卻已幾度新涼。原來冥冥中，大化已佈好了棋局，我們不過是祂掌中的棋子而已！

更讓我措手不及的，是驟然的別離。我早該預料到，卻始終逃避的結局。

他更瘦了，連聲音也乾剩一張脆薄的紙，一戳就會破。我不斷提醒自己，只要一雙聆聽的耳朵，千萬不要觸動任何感傷的情緒。

他先是用還算平靜的語氣敘述自己的去處，轉學的手續已辦妥，寄宿的親戚家環境還不錯……。「以後不能幫妳採芒果了。」聲音低了下去。

我心裡一陣顫動，說到要害了。

「這個給妳。」是一袋圓石，「十五個，妳快過生日了。」

我抬起頭，僅僅一瞥，四目相接，卻從彼此的眼神讀出心裡的祕密和年少的執拗，以及掙扎。兩人都沉默，該說的，都交給十五顆乾淨的圓可石。

他背過身去。跨上腳踏車。略遲疑。回頭。揮一揮手，慢慢的消失在路的拐彎口……。

我想起湖畔的牽牛花。她的小碗裡，一定盛滿昨夜未乾的雨水。

外公

擲出的銅板一正一反，外公不再留我了。

向靈位再一拜，撿起銅板，收拾起一袋龍眼和幾式點心。臨別一瞥，照片上的外公依然是笑呵呵的和藹模樣，似乎在另一個有外婆為伴的世界裡，也活得神采飛揚。

我放心了。轉身，讓該說而未說的，交給裊裊的煙火吧！

千里歸鄉，為的是告別。外公過世，我在千山萬水之外。再見面，那小小一罈骨灰，竟然是昔日的偉岸老者。當初自熱鬧的老屋遷入這間冷清的暹廟，老人家是否有些寂寞？

今晨在舅舅和姨姨的叮嚀聲中跨出老屋，不再眷戀和不捨，只有說不出的失落。少了外公，老屋形同荒蕪，沒有水煙的辛香和咕嚕，那份逼人的虛空，如何留人腳步？

和外公親近，是在那段離家的日子。因為外公的呵護，我才沒有因為寄人籬下而自卑、痛苦。

小妹出生後，身體虛弱的媽媽，再也騰不出精力照顧內向又多病的我，大姐管得住二姐，老三我呢，最好暫時寄住小孩多、舅舅姨姨又隨和的老屋。換個熱鬧的新環境，或許我的羞澀和被動的個性，能因此稍有轉折。

改變我的，卻是外公。

老人家大字不識一個，但是曲折多舛的人生，卻煉就了他生活的智慧，和開朗樂觀的性格。年輕時為了填飽九個小孩的肚子，外公一度成了業餘獵人，遊走於毒蛇出沒的險域，幾度和死亡擦身而過，在山林水澤和大自然比耐性、鬥智力。

菜市場不易買到的「奇貨」，凡是天上飛、地上走、水裡游的，如鴿子、四腳蛇、鱉、穿山甲、果子狸，乃至松鼠、猴子這類樹上爬的，都是搶手的稀珍。在那段匱乏的歲月，外公像一隻荒山野地裡四處覓食的機靈豹子。

外公是擅長說故事的，若生在古代，他一定是熱鬧街市裡的說書人。說起那些艱辛的往事，外公就是畫山水的能手，三兩筆就能勾勒出大略。他說一段，就要停一下吸幾口水煙，咕嚕咕嚕咕嚕嚕。

水煙是外公的命根，他不賭不酒，就是娶了水煙這纏人的小老婆，簡直不能一刻稍離。清晨起床先得抽上一陣，立時就精神了。要不，就像害相思的小伙子，病慨慨的，做啥事也不帶勁。

外公說話習慣拖個感嘆詞，彷彿這樣才能顯示他豐沛的情感。速度又急又快，每一句的開頭都朝著句尾衝刺。一件搭在肩膀上的汗巾也是道具，扯開來比個射擊的姿態，猛地一抽助長氣勢，說到身體熱起來了，還可以擦擦汗、搧搧風。

嫌老屋熱的時候，外公就搬張籐椅，坐到前院的大樹下，不論是打盹或聊天，都帶著「三寶」：水煙、汗巾，和粗茶一盅。而我則坐在那張石凳上。清晨吸過夜氣，凳面冷得讓沒有心理準備的人馬上跳起來；天熱了，澆上冰水，便涼得通體舒泰。

表哥表姐是小孩中的大孩子，上學的上學，下地的下地，太小的又和我玩不到一塊兒。一屋子有三個舅舅、一個未出嫁的小姨。十一個表兄妹中，就數我最「黏」外公。

那一輛外公騎了大半輩子的腳踏車，油漆幾乎掉盡。騎起來像是坐在一條落毛的瘋狗上，一路狂吠到目的地。他都不必按鈴，除非是聾子，否則那麼響亮的噪音，連躺在路邊的野貓野狗聽了，大老遠就落荒逃去。

他每次載我，都一再叮嚀要抱緊。原因是這樣的：幾年前送讀小學的大表哥去上學，他和腳踏車都到了，表哥卻離奇的失蹤。這下不得了！他急急沿原路找去，半途遇見臉青鼻腫，哭喪著大花臉的表哥。

這次教訓使他成為笑柄。每回喝早茶，阿公阿伯們都戲謔他：「老劉不怕又把孫子丟掉啦？」再摸摸我的頭，「妳阿公是老糊塗，坐後尾小心屁股摔爛哦！」

說歸說，我卻坐得穩穩當當。挽著菜藍去市場、上學、上班的人紛紛和外公打招呼。他們都叫外公「村長」，儘管他早已不是。外公於是在腳踏車的叫囂聲中揚聲回應，一路「早！」到茶樓。我只擔心遇到來歷不明的野狗咬著我們不放，那才真有爛屁股之虞。

喝早茶的都是退休了的老人。也只有他們才有閒耗個把小時吃早餐。這群人都是大嗓門、激進分子，從螞蟻批評到總統、家事、國事、天下事，事事關心。不明就裡的人會以為這群爭得面紅耳赤、又比手劃腳的老人是在罵架。

有時我吵著外公帶我去逛早市。曾向那個瘸腳的中年漢子買過金魚、鬥魚、兩點麻雀，卻從未養活過。每回見牠們相續翻肚子，我就又氣又難過。彷彿自己就是置牠們於死地的劊子手。

後來外公幫我弄了個小小的自然生態水族館。一個兩尺見方的玻璃缸，置入從水塘裡撈起來的水草，幾隻不起眼的小魚，底下鋪層碎石。每天只要從溝渠裡挖些紅蟲餵食，牠們就活得健康又活潑，而且數量日增。

日子久了，碎石上面長一層暗綠色的水苔和水蕨，一個平衡自足的生態於是成形。外公每天帶著罐子和鐵鉤，陪我四處挖紅蟲。老小兩個把小天地經營得生氣盎然。後來又增加了幾隻玲瓏剔透的小蝦，水缸愈見熱鬧了。

老屋唯一的不便，是還使用由人力清理的糞桶式廁所。說不準什麼時候，倒糞的人會在人家聚精會神「用力」之際，「唰！」地從底下拉出糞桶，嚇得我緊急煞車，拉上褲子就逃。

每次上廁所我都提心吊膽，不知道驚心的一刻何時光臨。外公聽了我的訴苦，憋著笑說：「那妳就避開倒糞的時間啊！」偏偏那人就跟我卯上了，不是剛「完事」拉上褲子，就是正要「辦事」，那要命的「唰！」就來了。

水對我總有股無法抗拒的誘惑。我洗澡的次數多、時間長，媽媽一再嘮叨，這樣老了準會風濕。老？那還很久以後的事。想想看，要活到外公這把鬍鬚花白的年紀，可不是易事。更何況，那抽象的規勸實在比不上水滑過肌膚的美妙來得實在。

沒有想到，外公對水也有一份神祕的感情。

那一次，外公帶著我到河邊捉魚。昨日下過大雨，河水開足馬力往前衝刺。水深處，有個漩渦轉得像陀螺。外公放下網，忽然用一種親熱的語調說：「懂水性的人呀，水，就像合身的衣服一樣柔順。」

他俐落的脫下襯衫，只著一件短褲，縱身一躍，就沒入水底。漣漪尚未散盡，他自十幾公尺外的地方冒出頭來，向我招招手，順著漩渦的方向一踢腿，立時就消失蹤影。我張口結舌，沒想到外公果真把水當衣服穿。這下怎麼辦？

「嘩！」的一聲，一條水柱竄起，他抹掉臉上的水珠，又笑咪咪的上岸了。

外公很耐熱，足以熔鐵的溫度他不怕，可是卻屈服在陰雨的淫威之下。也許正如媽媽所言，溫柔的水潛藏最可怕的殺傷力。年輕時常洗澡淋雨的外公，到了老年，讓風濕這討債鬼給纏上了。每逢陰雨，總要腰痠背痛。我幫外公捶背，他還自嘲是氣候觀測站。

我也討厭雨天。自從那張吊床為我孵出無數涼快的炎夏之夢，我便巴不得每天都是大太陽。在樹蔭下、水煙的辛香和故事中，讓一陣陣的清風把我搖入夢土。

吃晚飯在老家是件大事。上學、工作的全都回家，空氣裡混合了十幾個人十幾種不同的聲音和氣味。舅舅、舅母和小姨都很疼我，我卻始終和他們生分。大人和小孩各佔一張大桌，我就是要跟在外公身邊才快活。

種地人每天勞動，吃飯是大碗肉大碗湯，飯添了一碗又一碗。大舅說文明人那種菜多飯少肉也少的吃法，是沒有資格向土地討飯吃的。不葷不腥的素食則讓他覺得是吃草的牛羊。

大舅風趣又幽默，講話的神情很有外公的影子。他養了兩隻鶺鴒和一隻鸚鵡。外公閒著沒事最愛逗那隻會在槓上翻筋斗、外號「小笨蛋」的聰明傢伙。牠會學舌，還會叫「阿公」，卻被寵壞了，任何美味都只小嘗一口。外公拍牠的腦袋，牠還會拼命拍翅膀、呱呱大叫，一副「我跟你拼了」的壞痞相。

外公認為鳥應該養在天空裡，就像魚活在水裡是天經地義的事。他指指屋簷，巢裡的麻雀大概餓了，正嘰嘰叫的起勁，「這樣養鳥才有意思。」

外公不像姨姨每晚要我讀書認字，他教我的，是大自然這冊天書，教材隨取隨得。姨姨要把我塑成小知識分子，外公卻希望我長成健康的大地孩子。

我們的食水來自附近的一個池塘。水裡有許多白魚、生魚和泥鰍。釣泥鰍要用生肉，生魚要小青蛙，那些煎了之後香脆的白魚最省事，十幾條蚯蚓，一個下午就能豐收。

水塘附近有潤滑爽口的野葵、微酸微甜的西番蓮果。野雞時常攜兒帶女成群出沒，有時碰上打野豬的獵人，外公就會煞有其事的與他們說起內行話。

這麼多年了，外公的獵人本色始終未減。常常走著走著，他會蹲下觀察泥土、植物的變化。我只學會如何斷定那一處那一類的泥土有蚯蚓。

下過雨後的意外收穫是田雞。肥碩的後腿，外公都夾到我碗裡，表兄妹們紛紛向我投以羨慕的眼光。倘若他們知道我和外公之間的另一個祕密，就更不得了了。

有一種巴掌大、褐白色的雞絲菇，常在雨後的野外不期而遇。外公一定親自下廚，用大蒜猛火快炒，祖孫兩人不聲不響共進佳餚。吃完抹淨嘴，一點風聲都不露。

住了幾個月，我的外貌已經完全「鄉土化」了。精瘦結實的腿，曬得油亮的皮膚和衣服遮蔽的部分形成黑白的強烈對比。只是我靦腆依然，而且成了外公的小跟班，外公到那兒都拖著我這條跟屁蟲。

唯一外公不去，我偶爾會到的地方，是菜地。

採收羊角豆的時節，需要大量的人手。我戴斗笠、穿手套，以免羊角豆的細毛劃傷，跟隨大伙兒浩浩蕩蕩下地。那行走的隊伍，遠觀可真像許多顆會動的蘑菇。

剛開始還有幾分新鮮感，漸漸的，那千篇一律的採收動作就乏味了，又頂著大太陽，汗水濕了又乾，乾了又濕，那片菜地大得像永遠也採不完。大人也不強迫我，乾脆讓我採條新鮮的小黃瓜啃啃，躲到瓜棚底下去喝涼茶。

有個遍尋外公不著的上午，餵過魚、逗過鸚鵡，我便到姨姨的房間打轉。那裡「寶藏」最豐富，好吃好玩的不少。她的零食如山楂片、話梅等，偶爾會分一點給我。老屋的小孩太多，吝嗇的小姨只好「藏私」了。

那天老天爺似乎故意跟我作對。梳妝檯上只剩一堆花生殼和一個空袋子，以及幾隻忙碌的小螞蟻。我翻箱倒篋，找出一本漫畫——《汪洋中的一條船》。那是我第一本認真看完的書（若那也算是「書」），對那個感人的故事留下無法磨滅的印象。

外公回來，我迫不及待給他講鄭豐喜的故事，他摸摸我的頭，和藹的說：「阿平長大啦！會給阿公講古囉！」從口袋裡摸出一塊寸厚四寸長的鞋狀木片，上面釘了一排八個細鐵片，塞到我手上。

「這是阿公送妳的撥片琴，給妳帶回家玩啊！」他撥響每個粗獷而原始的音符。漸漸的，那清脆的音色變成了道別的悲歌，我不由得依依不捨的喊了聲阿公。

離開老屋之後，偶爾隨母親回娘家小住，卻總是那麼匆忙。外公愈來愈老了，卻依然對生活充滿熱情，只是隨著回去次數的減少，我和外公的距離便逐漸拉遠，直到我出國、外公過世。

想念外公的時候，我想尋回失落的撥片琴，聽一聽回憶撞擊出來的聲音碎片，唱一首有山有水的童謠。然而，那如歌的樂音，卻早已隨著水煙的辛香飄遠……。

輯三　山的感覺

晨想

1

雞鳴數遍而晨未醒。流動的瑩黑充盈宇宙這巨大的甕，彷彿多大的口就有多少飄渺的迷濛。夢獸伸出舌頭暱暱唇緣殘留的口水，以免趕程時被路人竊笑偷看見。牠猶有繾綣之意，我趕緊揮手，堅持牠趁早趕路。

世界在牠離開之後漸漸轉醒，回教堂的晨禱由朦朧轉而清越高亢，從山的另一邊悠悠傳來。乍收的尾音在寂寥中分外鏗鏘有力，像阿拉在對沉睡的靈魂作棒喝的呼喚。

把門扉打開，如掀啟宇宙醞釀的一罈墨綠醇酒。寒霧如雨絲迎面潑來。不必披衣，讓每一個毛孔作一個暢快淋漓的晨浴；無需布履，讓赤裸的腳掌把我帶到霧濕的草地。

小黑狗坐在草地上，正和一隻褐色的拖鞋糾纏得難分難解。見我走去應酬似的向我搖一搖尾巴又自顧自的扭咬起來。拍拍牠渾圓的小頭顱，在牠的身邊坐下。牠投來狐疑的一瞥，放下正嚼得津津有味的塑膠皮進攻我的肉足。

我吸一口氣、憋住。藉紛紛從屋簷下飛出來覓食的雀鳥分散注意力，設想牠們正爭述昨夜的夢境和交換哺餵自家小雀鳥的心得。沙沙的小舌頭不斷挑戰我的忍耐力。結果不知是皮粗肉厚的腳掌沒什麼「舔頭」，抑或我若無其事的樣子令牠覺得索然無味，牠負氣似的從喉嚨擠出低低的怒吼，繼而一溜煙的便不見蹤影了。

2

佇立。不願雙腳有任何負荷。草尖搔得腳底癢癢的，像小狗的舌頭仍舔著足心。露水的涼意沁透腳底。久違了，與大自然的肌膚之親，一種介於熟悉與陌生之間，含藏著大量時間與空間變化的感覺，竟令我有重逢的怔忡。

是的，椰子離開母株就要獨立成長，有的隨水去飄蕩，有的另覓一塊陌生的土地生根抽長。長大的孩子告別血水相連的家鄉與親人時，並不清楚那就是造化進行的一項重大陰謀，是生命接受風雨鞭打、現實火熬鐵鎚的起點，也不瞭解日後將必須為這次的撕裂忍受無法痊癒的痛傷。直到某夜自荒涼的夢境驚醒，發現街上仍川流著都市野獸、路燈不時投來冷漠的眼光，於是開始想念蟲鳴蛙噪以及那隻老愛趁人熟睡時鑽入被窩、鼾打得呼嚕呼嚕的大花貓。哦！還有那一床帶著自個兒體香的碎花被。而後彷彿有潮水升漲，盪啊盪的形成回憶的波浪，離家的孩子遂嘗到一種千古流傳的寂寞，即使是豪情萬丈的大詩人亦難逃的嚙膚蝕骨的鄉愁。

於是不懂事的孩子臉上漸漸染了風霜。隨著歲月的流徙心靈珊瑚礁般被鄉愁啃得百孔千瘡。幸運的數載或數十載尚能回到故鄉；而有的一別便成永訣，或是再回首落得人事皆非、物我陌然相望才是欲語淚先流的淒蒼。

3

天色漸亮，蟲鳴轉弱而鳥聲昂揚，萬物的輪廓慢慢明朗，灰藍的天空開出潔白的雲朵。我站在晝夜的交接點，過去和未來彷彿在眼前交錯，世界只剩下眼前雙手可掌握的現在，不足以和時流抗衡，且馬上會被歷史取走。雖則如此，卻是踏實的擁有。

寂無人語的靜謐中，倏然裂出媽媽的噴嚏聲。且暫時摒卻形上的思考，陪媽媽晨運去，順便一探睽違已久的紅泥路是否依然無恙。

4

踩在兩旁皆是油棕林的紅泥路上，思緒卻如海濤起伏。

長期的鼻子敏感打噴嚏，也令媽媽的聽力受了相當程度的影響，和她說話時必須提高音量。昔日和爸通信時每提及此便徒然憂心。數千里外的牽掛亦只能化約為幾行問候；她胃不好，那陣胃疾發作纏綿病榻的日子，又該如何承受身心的煎熬？

歸去四目甫相接，千言萬語竟只化作反覆的一句：「怎麼這麼瘦？怎麼這麼瘦？」正不知所措之際，背後傳來清悅的女聲。轉身，記憶中離去時不過是一株小豆芽的么妹，何時竟已變成與我平高的小樹？刹時抽象的時間在她身上變得具體。

而述及年長鄰居的萎謝，更令人驚異於人事的代謝緣何如此容易？

彼時暖陽落在家門前的草地上，椰子樹和花叢的影子斑駁交錯，更遠處依然是深不可測的油棕林，瑣碎的鳥聲增添幾許空靈。恍然間誤以為時空倒流，而我還是昔日在鳳凰花樹下撿花瓣的那襲青衿。

5

昨晚在滄海桑田的震撼中輾轉反側。

躺臥的依然是昔日和弟妹們胡扯分享豆芽夢的大木床，而和我共眠的妹妹卻已循必然軌跡遠赴他鄉。細細思量前人聚少離多的無奈，不由得惆悵。死生契闊宛如窗外夜雨，令少年提早體會聽雨僧廬的蒼涼。

然而此刻的紅泥路上，陽光鐵甲金戈大步邁過來，亮麗的流質灑了一地，如一片華美的生命，洋洋鋪了開去。大撮大撮金線自油棕葉隙爆落。寄生在油棕樹幹的鳥窩蕨、鹿角蕨居高臨下先得朝陽的眷顧，而後方輪到繁茂的羊齒植物以及林間雜生的野苦瓜藤以及蔓生植物。

收割的季節，大串大串油紅發亮的油棕散佈地上。欲滴的成熟色澤飽滿、堅實。貪吃的松鼠搖著蓬鬆的大尾巴在林間招搖而過。捧著果實啃食拚命點頭、十足老饕的模樣令人發噱。小野菇在腐朽的油棕梗上探頭探腦，彷佛一隊持傘的娃娃兵。

殘留的雨珠在陽光的點金棒下閃爍，連草葉間的蜘蛛網也生輝；而馬櫻丹的粉紅嫩黃和野牡丹的絳紅更年輕得不沾一絲蒼涼意。風雨肆虐過的生命依然瑰麗，難道人類竟因為多了一顆易感的心才讓滄桑催白了髮，消磨掉了昂揚的朝氣？被現實的幻象蠱惑的心無法把挫折苦難看成是生命的必需，才會生出如斯磨人心志的嘆息。

此時所有的負擔在陽光下羽化昇華。有一個聲音在心裡迴蕩不去。宇宙間自有不受污染的真理，唯有不受污染的心靈始能與之契合、相互感應而共鳴。

駐足。草葉上的水珠不停向我會心的眨眼，我竟油然有心無所窒礙的圓融自得，不由得想起觀佛祖拈花而微笑的摩訶迦葉。

遠處，推展到地平線那端的碧綠沐在若有若無的晨曦裡。風，在萬物心中飄過而不留痕跡。

6

下坡拐彎處一個黑點慢慢蠕動，漸移漸近漸清晰。媽媽額上的汗珠瑩亮。歲月痕跡滿佈的臉總讓我有欲吐難盡的哽咽。歲月可以改變甚至摧毀人類的形貌，卻無法遞減永不枯竭的愛泉。

從抵家的那刻起，她就在廚房那方小小的天地不停地切洗煮燉，彷彿有股神祕的力量提供她源源不絕的活力。昨晚我已眠而她仍守候著未夠火候的粽子。端午已過，她卻堅持為多年未嘗家鄉粽子而耿耿於懷的女兒守一鍋夜的爐火。清晨我尚在與夢獸擊掌嬉戲而她已蹲在水喉邊殺雞去毛。老花的雙目縱有燈火仍無法盡除細毛，只好擱在一邊等待天亮。

我不忍。心生歉意。如果歸來徒增母親的操勞，那對我是一項重負。太豐盈充沛的親情增加生命的重量，令加諸任何一端的苦難都會引致另外一方心靈的震盪。然而父母與我既有了子女的情分，我們便無可逃避的擁有一種超越名分與責任的連繫，手足之緣亦然。

小時候常守候著剛出生、老閉著眼睛緊握拳頭愛哭的小人兒凝視，不明白這個紅冬冬的小傢伙爸媽竟要我稱她妹妹。妹妹？我充滿疑惑。後來更多的妹妹出生，我遂明白這不過是區別的代號，表示一種有異於阿姨、叔叔甚至鄰居的無法分割的親密關係。

相對於身為老么或獨生的小朋友，這對我的生活或多或少增添了許多困擾或不快。遊戲時拖個愛哭愛鬧破壞興致的小包袱，宛如脹滿的氣球被刺了一個孔。結局不是她被我的粗聲粗氣嚇得號啕像世界末日降臨，便是我被責罵得躲在房間賭氣，狠狠詛咒這份未經我同意便簽下契約的姐妹關係。

稍長，我們竟可以分享生活裡大人不以為然的小祕密，偷偷的把媽媽準備好的麵包早點當宵夜，昔日的怨懟煙消雲散。這份手足情讓生命更完美，卻也相對的增加它的重量。終於有一天欲遠走他鄉，方發現它們如鉛壓背，令人難捨難分，舉步艱辛。

7

雨過的紅泥路黏濘，如割捨不斷的家園之親。每一個降臨人間的精靈一出生就該有一片與自己精神相應的水土花草，那是日後遭受苦難時休憩之處，足以讓他面對紛擾的世界不輕易失望，仍能義無反顧的擁抱多變的人世。

波斯鳳被地府之神普魯圖強娶為妻，每年總要回到生長的國度和母親團聚。彼時春暖花開，她在春陽和風裡與百花嬉戲，讓自己囚枷於暗域的靈魂解放飛翔，直到無可選擇的必須再返異鄉。支持她度過地府昏冥幽暗的那股力量，必然是哺她育她、水美土沃的家鄉。

這種「親不親故鄉人、美不美故鄉水」的情結，從鄰居上了年紀的長輩身上更易察覺。歲月的無情蝕痕似乎一點也搓洗不掉根植的鄉愁。家鄉的一條河，便是天下間最甜美的水；山川風嵐便是踏破鐵鞋無覓的仙境；即使是小食粗蔬亦是人間的精饈美饌，而故鄉人更是讓人魂縈夢牽。記憶中有一位早年被「賣豬仔」南來的華水伯，他濃重的鄉音繞來繞去總繞著家鄉的人事打轉，小時候最愛聽他唱故鄉的民謠。

幼稚的我當時不能體會他的心情。而今揣想，似乎能模糊的瞭解離鄉背井的意義。

和老一輩帶著告別故國、訣別家人的生死流離相較，我們的鄉愁顯得微不足道。異鄉月圓時，那在山巔水涯的家園會用美麗的顫音呼喚你，斷斷續續、若即若離。沒有時代的苦難，也沒有因生活的壓迫加諸而成的無奈。鄉愁緣於環境的陌生；對某些食物的懷念；宿舍的單調和私人空間的狹小顯出家的舒適寬敞；生活起居的親力親為襯出母親的重要；被流言中傷時不若在家可以肆無忌憚把對方罵得淋漓盡致，委屈處還可夾帶暴雨梨花牽動弟妹的憐憫之情，把對方也狠狠數落一番。

這些，就是我們這時代的，被老一輩笑稱「小意思」的羽量級鄉愁。

8

許多的拐彎被前進的腳步拋在身後。

在一潭積水裡照見自己、汗珠滴落、水珠跳起、雲影在水中破裂。媽媽早已趕著回家燜沙鍋魚頭，對我的勸阻沒有回應，不知是聒噪的鳥囀淹沒了我的聲音，抑或她的注意力早已投注於烹煮那鍋尚未成形的沙鍋魚頭。

茅草叢旁一溪淺流。停駐，尋覓魚苗的蹤跡，卻只見紅蟲和顫呀顫的小蝌蚪，十分靈活的在石頭和水草間穿梭，一副和天光雲彩共徘徊的自在。紅蜻蜓把芳草葉尖當翹翹板，一上一下搖得趣味盎然，引得蝴蝶也翩飛而來，卻讓盛裝的馬櫻丹請去品嘗剛出爐的花蜜。

穿過擎天的油棕林便到住宅區的土坡路口。樹下涼意隱隱。一粒油棕果不偏不倚打在頭上，抬頭只見一朵蓬鬆的暗褐色大尾巴在葉間遁沒。敢情是一隻自知闖禍的小松鼠畏罪而逃。

斜坡旁，野生的落葵比手掌還大。紫紅的籐莖隨地撒野，再不摘就要和腳步爭地盤了。扯下一大把，想到久違的蛋花落葵湯，不禁開始巴望午餐。

落葵生命力極強，不消一個星期就又子孫滿堂了。再老一點的會長一顆顆絳紫色漿果，擠破了可以染指甲，小時候拿它當指甲油，滿足打扮的幻想。幼時種種，憶起便覺莞爾。

9

攬著滿懷落葵繞到後院，只見房門虛掩，一方陽光靜靜的鋪在廚房冰涼的水泥地上。黃斑大母貓蜷著身子睡得正香。擦擦牠小小的鼻子，竟一副毫無知覺模樣。爐火上，湯水正咕噥咕噥沸得正響。此刻，不宜作艱澀的形上思考，生活寧靜自然如一隻熟睡而不打鼾的貓。

啜一口茶，茶水已冷而淡香隱隱。

窗外，陽光帶領綽綽的影子移動舞步。樹影漸短、鳥聲已弱。時間和自然力連袂導演一齣齣代謝的舞臺劇。世間過客在時空的穿梭下搬演萬般幻化的角色。閒來細數指縫遺漏的悲歡，場景的配樂一如老胡琴低調的音色。過往都如字跡模糊而發黃的舊報紙。所有的物象和千般情緒終將在一場寤寐之後翻轉過去。世事，便無所選擇地被吸入宇宙虛無黑暗的甕裡。然而當地球轉過身時，陽光，依然升起。

山野的呼喚

站在高山上，腳下是莽莽的綠野，一路漫向視線無法企及的遠方。陽光稍顯虛弱，風卻很硬朗，天光在蔚藍的畫紙上流淌。大幅大幅的白雲在追逐飛翔，隨時修飾容貌，不斷敷粉添妝，在瞬息間快速融匯、組合、再拆散，絲絮結成片段，片段綴為團團的棉花糖，疊起羅漢來東倒西歪，似小頑童笑岔了氣，紛紛斜頭歪腦，鼓圓了兩頰。

三年了，同樣的景象再現，竟然拓印般相像，熟悉得教人心驚又欣喜。久住臺北，冷眼靜觀街景瞬息萬變，令人不肯輕言永恆。在這新陳代謝迅速得令人措手不及，甚而壓迫窒息的後現代城市，以打敗時間為勝利者的方式不斷更新市容。不過一個星期未經那條拍賣現代人自詡奢侈的虛浮街道，那間瑟縮的書店竟然已變為青春族蜂湧的撞球中心；一間傳統的便利商店早已人去樓空，地面零碎的磚塊只怕來不及嘆息便已為新工程進展的速度所震懾。這是用效率維持生命力的社會，淘汰和更新的輪迭甚而令人重新思考存在的價值。

在熙攘的街頭，車陣人潮和噪音把我浮起，常覺得自己宛如游離的灰塵微粒。心情如箭矢在弦，又似弓起身子隨時戒備的貓。日記映現的是疲憊乏力與年齡不符的自己。人類用文明創造堂皇的宮殿，不停餵養過度膨脹的物質身體，卻荒蕪了日益乾癟瘦弱的精神土地。

架高的建築標示著人類不斷攀爬文明的高峰，卻也同時褫奪了土地和腳步親近的權利，拉遠了心靈和自然的距離。在新加坡這舉世矚目的先進國度，縱然整齊劃一、一絲不苟的市容令人心悅誠服，然而貴族般高不可攀的冷漠和距離予人浮生若夢的飄忽，如四處流浪的白雲，遍尋不獲屬於自己的天空。

篤實堅厚的土地，傳達生活的踏實平穩。大自然的彩筆摻調出深深淺淺不間斷的綠，潑濺得滿山滿谷泛濫蔓延。紫薊、蒲公英、昭和草和馬齒莧盡興的為季節鋪妝，不似城市晝夜不分，春夏秋冬永遠呈現相同的景象，四季不過是十二個不同的數字更迭，唯有衣服的拍賣提醒他們季節在轉移。工商社會無需仰賴老天爺的脾氣，晴雨不過是作為應酬開頭語的話題。人類早已失去和大自然溝通的能力，那繁富多變、綺麗活潑的訊息無法傳遞，人們也愈形而下的封閉在狹窄的物質化燈光世界裡。對於一顆自幼被大自然嬌寵的心靈，那無疑是殘忍的桎梏和艱酷的刑罰。鄉野的麻雀禁錮在鋼筋水泥和鐵欄柵裡，即使有最鮮美的蟲食，也無法放懷，牠嚮往的不過是一片自由的藍天和風吹草動的綠原。

不知是我太敏感抑或都市它本身已病入膏肓，最近總覺得一股濃重的悶氣窒塞胸口。呆板和被壓縮的生活方式導入愈來愈公式化的流程。所謂規律的生活其實是懶於嘗試改變的藉口。

是的，我已厭倦。厭倦因為別人馬不停蹄而自己亦不得不向前的無奈和茫然。厭倦阿諛妖媚的霓虹以及店員不帶一絲情感、虛假的謝謝和歡迎光臨。厭倦人與人之間帶著距離的善意和微笑。厭倦可憐的自我和自尊匍匐在四方的壓力下逐漸湮沒、消弭，而最終如同從所有印子拓出來的模型，再也分辨不出其中的差異，合乎這個要求統一、標準、冷靜的時代。

望日那天登上天臺，極想一睹睽違多時的圓月。不料記憶中那輪健康大方的滿月，竟在燈光喧嘩中黯然，顯得慘白憂鬱，無限淒冷孤寂地垂眼這個被文明慾望扭曲的人世。回房攤開日記，我彷彿看見另一個和月亮同樣無神又無助的自己。

我決定離開。

縱然不是最好，卻是唯一的方式和選擇。內心一股強有力的呼喚驅動我，宛如那隻響應山野呼喚的野狼，我回到童騃時生長的山郊溪畔。

此刻風輕而淡，心跳和山的脈搏共起伏。順著水平線移動，天地間一切事物都涵納在這無限的空間之中。遠處交疊的山巒蒼青近乎墨藍。山巒下的油棕樹條理井然，從四周圍攏到山腳，再一路攀爬上山。在這重巒疊嶂之外必然還有無窮的疊嶂重巒，一環套一環無止盡地綿延。

不被切割的視線，連天空也無邪而坦誠。這裡有足夠的空間容許一顆疲憊緊繃的心舒緩綻放，充裕不迫的時間讓僵滯的心緒慢慢解凍，接受陽光無盡的慈愛。

時間在這兒像是古老的火車駛入陳舊的火車站，沿著軌道一節一節唱著慢板的顛簸。一切像默片時代的畫面，帶著不切實的悠遠，甚至連歲月老去的姿態也如蝸牛爬行般徐緩。

三年的時間，說短，卻足令襁褓的表妹長成伶牙俐齒的調皮鬼；說長，總又倏倏忽忽在每日飲食梳洗中一晃而過。謂人生如夢者許是被時間多變的性質蠱惑。其實在生活的節奏放緩之際，便能感受到日子一顆一顆響亮清脆、毫不模糊的滾過，甚至連皺紋也如沙洲成形似的條條透出時間施工細膩的痕跡。

爺爺奶奶的音容笑貌和數年前相似，反而是在都市裡汲汲營營的長輩們驟爾蒼老。他們笑言都市的容貌一夕數遷，人的血肉之軀又如何免於時間怪手的蹂躪？然而他們被摧毀的不僅僅是容顏，心情更是隱隱透出無可言喻的疲憊，許是被噪音和紅塵淹沒了生命煥發的靈氣，每日務必武裝一番方有自信站上充滿挑戰的舞臺，日久是否連本來的面貌也日漸忘記？

爺爺年近八旬，凌晨五時即起蒔花種菜。太陽曬過頭白花花地針得眼睛也睜不開，他還打赤著上身汗流浹背地鋤地耘草。對和土地相依的老一輩而言，生活就是用自己的汗水去灌溉出精神的沃壤。儘管世事滄海桑田，然而豐美的收穫肯定生活的踏實，甘美如清泉滴涓。

如清泉滴涓，水聲愈靠愈近，而我漸行漸遠腳步漸輕盈。水響處不是流泉，是一彎淺淺流水，打著唿哨奔走的樣子如醉後狂草。水草瑩翠潔淨，一半和水渦嬉戲一半探出頭來查探風的蹤跡。水清得予人冽寒的錯覺。

抱膝而坐。樹枝交錯處漏出天光，但見白雲空往空回，人世最大的悲情也即是如此吧！因緣自來自去，人與人之間的相聚言歡不過轉瞬。世事如煙雲忽過，能觸動心弦的經時間漂染過，都得從模糊的影像和潦草的日記文字尋找往日的斷簡殘垣，其他的便都淡出，最終如空氣透明，彷彿不曾發生過。

當莫名的情緒如霧來襲，許多重疊朦朧的影像便聚攏又散開。那些憂傷那麼淡，真像是古遠唐詩裡朦朧的意象，而明天就飄忽得像從夢裡孵出來的日子。這種近於自憐的情緒有點頹傷、蒼涼，雖則在旁人看來不免儘是為賦新詩的況味。

然而真正的美的確是令人悲傷的。春天自古是最易教人忽喜忽悲的季節，偏又遇上杜鵑和流蘇不留餘地的壯烈，在令人神迷目眩、精神恍惚之餘，總會想到凋零的落寞。反而是冷濕灰暗的冬季，心中盛滿對陽光的期待，天候越蕭索淒清越能感受到枯枝正竭力儲蓄著爆發的活力，萬物蟄伏著生命的訊息，就等著春風呵一口暖氣，讓抽象的生命力變得具體。

生命力如是微妙神奇。活著的美麗就介於具體與虛無之間，有一大片供人探索的園地。然而文明剝奪了人類自由馳騁的空間，再基於現實的利益指責悠閒的不合時宜，被物質牽著鼻子的心靈每日拖著沉重的腳步，總有無數的堅強理由支持疲憊的身體苦捱下去。

寢室的學妹用家教填補永無枯竭的虛榮心，換取衣裝服飾的華麗，卻又常嘆生活空虛，活著無甚意義。逛街購物的興奮和滿足之後，總是習慣性的失眠。逐於外物的都市人什麼時候才會停下來正視飢渴的靈魂，重新思索生命的意義，使生命的根深紮入智慧的土地，不似白雲般飄來飄去，總是沒有自我的四處遊離。

離開溪水時蟲鳴四起，陽光漸疲弱，空氣已沁出涼意。雲朵赴宴似的紫紅絳黃地東抹西畫，如此潑辣大膽的配色，帶著奢華揮霍的末世紀情調。

童年時最愛趴在窗口瞻望雲來雲往，連夜裡也夢見朝霞冉冉飛降，至今仍記得那是一塊多麼金碧輝煌的彩屏啊！邊緣是大海的裙褶，呈柔和的波浪狀，不同色系的紅一環層疊一環，色澤比彩虹更鮮亮。外沿的一層滾了金粉似地，朝陽投過來時閃爍流金。可惜那質地不似棉花糖蓬軟，脆薄冰冷，金屬片般不帶一絲情感，輕敲還會發出雨珠擊打鋅板的脆響。

被歲月漂白的夢久已不再憶起。此番不經意的拈及，竟有失物重得的微喜。懷念一件事物，是導緣於一種熟悉的氣味、境遇或似曾相識的感覺。雖然常只捕捉到光影，卻常令人不能自已。人除了荷負現實生活的真槍實彈，總需要適時的解放自己，做白日夢或回憶是其一，更何況現實中蘊藏許多的不滿和失落，雖然大家都承認那才是真實的生活。

不由自主的嘆一口氣，恰好落向迎面的晚風。兩隻健碩的水牛低頭嚙草，尾巴煞有其事地大幅度擺動。鄉間的向晚自有一種祥和安靜。尤其在偏遠的小村落，天暗就意味著該是休憩團聚，一家人共晚飯話家常的時刻。

沿戶躡躂而過，飯菜的香帶著鄉野的純樸。那令我想起主中饋的家庭主婦。鄉下婦女共同的形象是黝黑，不論胖或瘦，都有大嗓門和有力的臂膀，用不盡的精力，每天洗大桶的衣服。天未亮便起床飼雞鴨，下午還有精力磨粉做糕。論忙碌和辛苦絕不亞於上班族，為何我總覺得她們活得踏實健康，而都市的一群卻蒼白無血色？

拐進逶迤的小徑，夕陽已完全沉入山背，晚霞的豔瀲漸褪，墨藍點染了餘暉。

不記得誰說「生命在最頂峰時也即是走下坡的開始」。含苞的玫瑰綻放至絕美的一刻，便也預示著凋萎即將到來。印加帝國輝煌傲人的古文明於今安在？大自然和歷史同時印證這句話的鑿實，而我們所謂的高科技文明，是否能逸出這個必然？

街燈初上，彷彿夜的眼睛陸續睜開，溫柔的眼神靜靜的注視紅泥小路。住家遠看似一幢幢童話裡溫馨的小屋，屋裡許多好奇的小耳朵正等待流傳自老祖母的老祖母的神話和故事。世間總有不被時光淘汰的永恆如星輝恆熠。

拖著細長的影子，往那窗呼喚我的燈火邁步。所謂平凡的幸福便是有人惦記著未回家的自己，並且留了特地為自己而烹製的佳餚，在爐火上用愛心溫熱著。至於明天的風雨，當地球轉過身時，自有另一番全新的心情去面對和詮釋。啊！松林細語風吹去，明日尋來盡是詩。

馳想

1

挺秀蒼勁的老火焰木樹下，意外找到了童年時代極愛玩的「水槍」。那是嵌在火焰般的花苞中心的一顆小小水囊。柔韌富彈性的褐色外表盛滿透明的汁液，是淺色衣服的剋星，作弄友伴的最佳武器。

日居月諸，老樹依舊，而人事已非。曾經那樣切實的快樂和悲傷，竟然都已成過往。而且當悲傷重現腦際，竟若猶有餘甘的香。時間和空間像濃郁的調味料，改變了一切原始的味道。

史學家所說的「美好的古代」也許真的點出了回憶的特質。現實無法企及的事物，總有朦朧的、距離的美。尤其是童年這樣一片讓想像無止盡馳騁的原野，充滿了神祕和被開發的潛能。那時對未來沒有明晰的概念，萬事煙雲忽過、百年蒲柳先衰的感慨尚未成形，神話傳說狐仙故事的時代，醞釀了一個童趣盎然的宇宙，現實生活和理想的界限不明。小孩捏泥人般塑造自己單純的世界。成人的生活被物質套牢，不若小孩擁有脫韁的想像，自有一套詮釋世界的法規。

然而一些不明因子像酵母般改變了一切。那套法則不再適用於漸趨膨脹且歧異的世界。

親愛的長輩相繼老逝，令生命充滿不定和疑惑，而剛出生的小妹看來如斯纖弱，緊握的拳頭卻充滿對人世的肯定。那個下午，小孩突然發現生命和時間的詭異，第一次意識到成長的必須。自己彷彿站在一點，歷史在祕密進行，一切在轉變，過去變成現在，未來遙遠而不可及。時間像魔術師，人類在時流中進化或退化，直到時間不再有意義。

2

寂靜的午後，陽光持一把銳利刺眼的大剪，不聲不響裁落一地幾何圖形。變葉木籬笆下影子綽綽，瑰麗的顏色落地便成了黑黝黝一片，更襯出篩下的陽光耀目的碎銀。

的確太靜了，這午後。靜得可以聽見心臟的搏動，時間躡手躡腳走過。

時鐘給人一種錯覺，以為日子不過是由循環的十二個數目字組成。自古以來那一長一短的追逐者總持兩把利刃比劃嬉鬧。這其間人事不知經歷了多少滄海桑田，而它們卻永不蒼老，冷眼看盡世事幻變。

不明白時間性質的人們，在渾沌之中垂垂老去；欲與時間拔河者到頭來典當了眼神的光芒，換來一副巍顫顫需要依恃的軀體，同樣輸得不明所以。

這樣的想法令人洩氣。人生如猴崽子在時間菩薩的肉掌裡翻觔斗，翻來翻去竟逃不出她的手掌心。

此刻，陽光鐵甲金戈，脆脆地照在大地。窗外遍地金亮，洋洋灑灑，如一片華美的生命。琉璃般的天空碧藍如玉，晴朗得足以敲出清脆的一擊。未修剪的新綠中，香附子、昭和草、紫薊、野莧菜正熙熙攘攘吵得熱鬧。

這一切難道竟是時間精美的包裝，用來掩人耳目，迷眩眾生的心智，而使人們暫時忘記它的面貌，偷來表面的歡樂和安逸？

3

回家以來常這樣莫名其妙的跌入冥想深淵。彷彿有一個黑洞把我吸入玄想的境地。朗朗的大熱天，我卻孤魂野鬼似地在形而上的虛空裡遊蕩。

簾捲南風，搖響生鏽的風鈴，聲調瘖啞沉緩，像低迷的心在暗夜踟躕徘徊。攤開的美術史書頁翻飛，無意間瞥見達利那名為「記憶的持續」的畫幅。四個疲軟的時鐘無力地垂掛在枯枝、臺面以及廢棄物上。時間、形體和空間全都達到駭人而逼真的扭曲，彷彿浩劫之後的夢魘景象，荒蕪、冷漠而淒涼。時間行走在失去了生命和活力的荒原上，便再也無法理直氣壯。然而其前提必得在形體和空間都相繼異化才能實現的夢想。在畫家的裁奪下，時間，依然是這場比賽的贏家。

桌面上，一隻小螞蟻企圖拖動比牠兩倍大的蠅屍。牠若知道孜孜矻矻的最終竟然是和眼前的食物同樣結果，會否用力如斯？不！牠太忙了。現實世界有太多外在的誘惑令人沒有餘裕靜思無關乎生存的抽象問題。

放學的鐘聲響。陽光下著白衫的學生列隊魚貫往同一個方向前進，就像生命最終必通往同樣的一扇門。熙攘中，沒有人會留意被拖著走的身影，宛如形而上的我不由自主被物質牽著鼻子，以致忽略了瑟縮在一隅日益委靡的真正自己。

梭羅選擇了簡約寡慾。摒除物慾的生活讓他領會了自然的脈動和人生的真趣，不受羈絆的心和自然契合而無隔離。杜象更明白地表示不願以太多的重負拖累生命。他必然是看透了梅非斯特之所以成功引誘浮士德的把戲，是以轉而從藝術中追求精神的永恆，昇華自己。

茉莉花的淡香游入室內。紅豔豔的朝天椒在綠葉間偷窺；長春花上有蝶徘徊；鳳凰木展示生命浪漫的壯烈，而不起眼的小花也自有平淡的恬美。更有一種水晶蘭自腐朽中凝鍊一身雪白瑩剔的花瓣，充滿傲立天地的絕俗卓犖。

而我，尋訪那一種屬於自己的姿勢和聲音？

4

最近的夢境令我困惑。

總是一片茫茫大漠，彷彿天地初開的洪荒。我和自己的影子拖著沉重的腳步往沒有地平線的那端徒走，沒有目的地、也沒有盡頭。

潛意識裡我必然在尋找什麼。隱隱覺得這樣的探索傷害生命的本質。腦海閃過夸父追日和精衛填海的神話。

對於生命，我曾是那樣沉迷於激烈的詮釋。個性中與生俱來的敏感和對生死的強烈震撼令我比同齡的友伴提前接受早熟的洗禮。

國小四年級正是不識愁滋味的無憂年紀。心愛貓咪的死亡令完美單純的宇宙乍然崩潰。不明白靈巧乖順的小咪緣何棄我而去；而健朗硬挺的外公兩年不見竟然拄起拐杖弓了背脊，笑說不復記憶眾多孫女的名字。

我無法接受媽媽的解釋，大人把事物看得自然平淡，似乎一切都是理所當然。日夜期盼的第一朵木芙蓉花苞被隔壁的老山羊連花帶葉啃得精光，母親竟然輕描淡寫的告訴我花兒還會再開。

當時只覺母親冷靜得近乎冷漠。而今細細思量，始悟那是母親自生活提煉的智慧。現實不盡完美，時間和空間對人類不夠友善，面對挫折困難，母親自有一套詮釋的方式。近乎冷酷的無情實是對大造絕美深情的轉化，讓她把哀傷滅度，義無反顧的擁抱這個變幻的人世。

而我年少魯莽，不知靜心傾聽觀察，也不瞭解因愛而生的善意和真誠如明礬入井，令濁世澄清，萬事展現嶄新的風景。追求生命剎那的高峰呈現如天邊乍現的流星，雖然震懾人心，卻總有曇花一現的缺憾。

5

隆隆的割草機器馬達開動，一陣陣濃郁的草香便散播開來。綠酒的醇香營造一種適於回憶的氣氛。潑辣的陽光被溫柔的灰雲過濾之後，光線像透進蚊帳的燈光般柔和。割草的印度老伯是虔誠的教徒，他割草時的專注嚴肅令我想起他頂禮膜拜的姿勢，矜敬小心而戒懼。

然而我始終不太敢正視那些神像。我怕祂們介乎人和獸之間的造型。那神著色彩繽紛的沙麗，卻從身體左右兩側伸出無數手臂，擁有人類的臉孔卻長了奇異的象鼻。對於我，那毋寧是更接近鬼怪的描繪。

每回走近他家找友伴伊娃，我總在甘文煙和他們沐髮的膏油混合而成的強烈氣味之中恍惚激盪。屋裡偏暗的氛圍令神像充滿宗教的神祕。

當他沐浴完畢，點上油燈，在明滅跳躍的火光中肅立時，我總會不由自主的控制自己的呼吸。他低沉連續的語音如沉穩的腳步，收斂而篤定。然而我能感受到那翕動的雙唇時而透出高亢樂天和歡悅的讚美；有時卻為不知所由的原因變得恐懼、疲倦而憂慮，帶著宿命的色彩。

我彷彿發現了一個新世界，一個截然不同現實卻又帶著現實色彩的天地。那奇異的神像究竟給了他什麼承諾和撫慰，讓他祈禱過後眼神如斯安詳平靜？宗教的神祕，令我疑惑而好奇。然而我無從體會自然更無法相信那股神祕的力量，是以當我的好友因人世的挫折、對生命的迷惘和生死的不解而遁入宗教求得安身之所，我卻固執的在見山不是山、見水不是水的境界中自我流放，而詩詞中充滿荒草淒淒、平林漠漠的意象，證諸百代之下，非我獨傷。

天下興亡轉瞬之間，生命何其短暫匆忙。如東坡之拓達亦不免有渺滄海之一粟、寄蜉蝣於天地之慨。然而他卻在迷失與悟解的追索中不斷超越提升。我彷彿看見一朵潔白的水晶蘭破土而出，煥發頂天立地的自信和傲骨。

6

燠熱退盡，天地籠罩在詭麗玄黃的霞光之中，彷彿渾沌未開、榛莽未闢的洪荒。那奇異原始的色調挑動人類潛伏的情感、無窮的想像。此刻我可以感到人的心靈是一座龐大的宇宙，無所不能，宛如一張出入古今、打破時空的通行證，讓人上窮碧落下黃泉，身處今日的時空而可以遙感千百年甚至億萬年前敏銳心靈的悸動。

與這樣的景色相對，令人想起盤古開天闢地之前的景象。

如果神話傳說反映一個民族的人生觀，那開天地又和天地同時成長的盤古是中國人面對自然時對人生之價值正面的肯定，有異於其他宗教必先自我否定、徹底皈依方能獲救贖、重生或解脫的苦業或原罪意識，而把人提升到和天地並列的地位。

一直覺得盤古是中國民族的父親，完成了一個家的雛形；女媧氏就該是孕育炎黃子孫的母親，用她母性的智慧去保護維持家的安全溫暖。

不周山崩倒，洪水災荒不斷，原本安詳的大地頓成人間地獄。女媧氏心痛焦急之餘，日以繼夜煉取五彩石修補崩壞處。既和天地同生並列，人便有責任彌補天地之缺。人的智慧足以拉近甚至連接現實和理想之間的差距。

此時庭院中的琉璃菊靜沐夕暉。花苞綻放的姿勢如斯莊嚴，彷彿自足的心擁抱著整個無限，生命的光輝充塞宇宙之間。

7

太白星初亮，宛如扣在黑藍大衣的一顆發光鈕扣。瘦狠的山脊和樹林之間嵌一大環浮動的暗寶藍色的晚雲。破碎的雲絮陸續移過月鉤。淡淡的月輝落在石階上，新剪的草絲和鳳仙的落英錯綴其中。

夜漸朦朧，濁亂的思緒卻漸沉澱清靈，彷彿感覺到歲月恬靜自如的在身體流轉。好風如水，心平如鏡。仰觀夜空，嬋娟雖缺而覺天地有情，月色不明而如飲酒微醺。

七月的北斗七星已不若六月般作規則勺子狀，物換星移之際，人的心情又不知轉過了多少春夏與秋冬。一隻拇指般大小的土狗子躍過，瞬即沒入黝黑的草叢，叫聲卻如鈸響。心中微微一震，彷彿觸動了什麼。

古早以前，人類對生命必然也是充滿疑惑吧！也許在一個星光璀璨的夜晚，長久仰觀天象的史官忽然窺得宇宙的奧祕，同時也用時間衡量自己走過的軌跡。與其視夏小正、太初曆等是智慧的推演，不如說那是人類對生命流逝的怵惕，把年歲分成二十四氣七十二候，時時提醒自己季候在推移，生命的腳步從不停息。樂天安命的農人摸清他的底細，既不與天地爭也不和時間對抗，風雨順適便插秧，天地肅殺之前先儲糧。生命不斷代謝，卻也一直嬗遞。

學究天人的浮士德，欲以靈魂押注換來二度少年，只因貪戀感官之歡，執著生命的長短，卻不知精神的坦然自在、物我相契可以令有限的生命圓滿飛升。童年之所以令人緬懷，泰半也是生命尚未扣上枷鎖、零負荷的心不受羈絆，是以恬靜而自然。

此刻，自然的聲籟充沛宇宙之間，好像對我保證，凡我耳目心靈所接都是永恆，任憑人事變遷，這些都不會改變。

靜謐中，一枚成熟的鳳仙花果爆裂，啪！時間輕輕一震。生命，正在巔峰。

破繭

冬天，陰沉沉像一張受委屈的臉。落雨的日子更形陰霾灰暗，宛如全世界都背棄了他似的沮喪垂淚，淒淒哀哀不間斷的哭聲徒增煩躁和不安。尤其在闃無人聲的靜夜，車子輾水急馳而過，連聲音都潮潮黏黏拖泥帶水的令人不快，讓不眠的守夜人倍覺索漠。

裹在溫暖的被窩裡，意識卻十分清醒，聽著夜雨溜簷而下滴入歷史的深淵，同時也敲打記憶的盆地，復溶溶漾漾掀起思緒的漣漪。

不由得想起那個初冬的午後。在那白芒花翩飛的墳地裡，面對一山再也醒不來的生命，心底不由得升起一陣很尖細，卻又飄忽迷茫的情緒，就像漫山遍野的芒花，在風中無所適從的流浪，似在傳遞一種悠悠的沉鬱，帶著宿命的、無奈的姿態。

十一月的天空仍殘留著深秋的藍。日影朦朧，光線渙散，破碎的雲絮鋪滿天空。風勁且疾，帶著肅殺的寒意。滿山的芒花被捲得彎腰作揖，髮絲隨風向的轉移不定搔亂臉頰。

沉默的佇立，訝異自己竟然敢獨自站在陌生的荒郊野外，坦然和死亡相對，卻又茫然無依，一如四處飄飛的白芒花。輕柔纖細，慌亂無主的白芒花啊，究竟要流浪到何時方覓得歸根之地？

生命是如此變幻，充滿未知和變數，唯有活著的此時才是踏實，下一刻誰敢奢言平安？出遠門的時候，母親總要燒香，在她視力無法顧及的範圍，託上天幫忙護佑她的子女。歷經人事變遷的母親或許深感生命的幻滅不定，對滄海桑田的人世儘管樂天寬容，卻不時在言談舉止裡透露對生命的疑惑以及微微的宿命。

「哪！妳看那堆蝸牛殼，大清早就不知道被那個粗心大意的傢伙踩得稀爛，唉！一天才剛開始呢！」

望著汁液模糊的屍泥，我揣想牠清晨愉快的自睡夢中醒來，在鳥兒的奏鳴曲中享受著寧靜的晨光浴，或許牠正打算到菜園裡吃點鮮嫩的甘薯葉，不料卻遭此意外的飛來橫禍。當時只覺得蝸牛可憐，然而隨著年歲的增長，卻益能感受世事的變化足以動搖對生命的信念，逝去歲月的山水行腳交織著希望和失望。在一連串摻雜著悲歡離合的沖刷中，我彷彿一層層剝開生命包裹的糖衣，漸漸品嘗到了核仁的百味雜陳。

那場磨人心志的病，似乎讓我更能透視生命的本質。生病的苦楚並不在病痛本身，而是因病而起的心理上的煎熬和低迷。與其說是肉體的不適，毋寧稱為精神的打擊來得更貼切。世界驟然變灰，萬物籠罩著陰影，對事物的詮釋態度不再樂觀，時間成了詭譎奇異、立場搖擺不定的象徵。候診室外是漫長枯寂的等待，醫院內的蒼白冷漠宛然生命的谷底，瀰漫的藥味更平添黯然的氣氛，彷彿一曲沉鬱的低調在徐徐行進。一張張旋緊、漠然甚或扭曲的臉容在走動時，總有生命不勝負累的無力感。時間是無形的捕網，攫住毫無抵禦能力的病容，靜待命運的宰制。

而我竟然是那隻不幸的獵物，困入無法逃避的囚籠裡，甚至不復有掙扎的能力。驚心怵目的抽血檢驗，和冰冷儀器肌膚接觸之時不再是血肉上的折磨，卻是心靈被切割的劇痛，糅合著無法自己主宰形軀生命的無力和悲哀。

醫院的靜夜神祕而奇異，躺在潔白的病床上，輾轉聽著隔鄰病人徹夜無助的呻吟。生命的另外一面是如此令人不忍卒觀。那一聲一聲斷續的、來自身心苦難的投訴，在闇夜裡挑動人的神經。我彷佛也可感受到那刺骨的巨創，數日後將同樣的降臨於我。

心裡一緊。腦海浮現十九世紀的畫家愛德華．孟克的一幅名為「尖叫」的畫作。那扭曲的人形彷彿被充塞四周的夢魘壓迫困擾，圓睜的眼睛以及惶恐的神色充滿求救無門的驚恐，於是逼出源自心靈長久受壓抑的尖叫——充塞著整個畫面、波浪狀的長線條似乎將尖叫的迴響帶至各角落，天地亦為之動容。那不啻純粹是發洩，而是生命飽受生活的負累枷鎖所擠迫而生的控訴，激烈而本能。

病人的呻吟此刻竟似迴旋於畫面的尖叫充斥寂靜的時空，我迅速掀開被窩，逃難也似的離開那幾令人窒息的病房，蹀躞到寂靜的長廊，孤魂野鬼似的拖一條孤單的影子遊走，思緒迷茫混亂，只覺得腦海一片空白。

長廊的確很長，我聆聽自己的腳步聲空洞的踩響。不曾思考過的問題如退潮後的海灘，奇嶙怪礁一一顯突。

曾聽說念頭是一種心理時間，只要將時間感止息，便能達到與萬物融合為一的絕對境界。然則時間卻是一個抽象又具體的存在。它令種子萌芽、花苞綻放、小孩長成少年。時間參與造化，宇宙被一股強大的力量推動著前進。若時間真能止息，則快樂或悲傷便都不再有意義和區別。心理時間更是一種形而上的主觀概念，在形軀恆受客觀環境的強大影響之下，念頭時常蜂湧，如何奢談超越？

遊走不同的病區，牆壁恆在明亮的日光燈下閃著刺眼的白。白色衣衫的護士和醫生總是行色匆匆疾走。瞬間的一瞥裡讀得出他們眼裡的狐疑和迷惑，卻也無暇搭理我。在這與死亡拔河的所在，隨時有處在生死夾縫的生命等待他們的援助。

在育嬰室對面的長窗駐足。夜的子宮深廣而肥沃，不眠的街燈孤獨地守候黎明。生命是多麼奇特的結構。就組成元素而言，任何生命都是由百分之九十五的氧、碳、氫、氮等物質組成，然而人卻較動植物擁有一個會創造思考，卻也同時慾望滿佈的腦袋。人類不斷努力，為的是追求更高更多的幸福和快樂，把痛苦和悲傷降至最低程度。希臘的酒神身後永遠跟隨著一群歌唱舞蹈的花仙和花妖，生活永遠是一首愉悅的歌。酒之為物自古而然便是失意的避難所，求得一時之樂的最好解脫。然而那畢竟是求之於外的一股力量，宛如童騃生氣時朝石頭狠狠的踢一腳，不過是洩恨，求得心理暫時的舒解。

記得被醫生宣判開刀的剎那，宛若承受一記狠而有力的鞭笞。神志剎時渙散，恍惚茫然，繼而是恐懼、驚悸、種種不安的揣測浮現。脆弱的靈魂承載不了利刃的剜剮和風雨的摧殘，原來生命的成長是如此曲折困難。低潮時匯集的意念忽然被這突來的風暴掀起滔天大浪，我被一股強有力的莫名力量困住，捲入漩渦的核心般不由自主，只覺得如行屍走肉般，一切隨預定的手續擺佈。

抽血時經過加護病房，但見一名四歲左右的小女孩背向走廊，趴在插滿管子的病床不斷哭喊媽媽，而在側的父親一言不發，轉身背對病人，臉上是痛到極點之後心死的漠然。生命中無法承受之苦莫過於對生死的割捨。而個性敏感又倔強者，更易為外界所傷，因世事順心適意的不多，是以恆遭悲傷折磨。

七歲那年父親因工作欲攜家南下，祖母卻執意守著老屋不願同行。面對生離抉擇的我打從離別的前二日即已感受到一股燠熱如七月的空氣般的沉鬱在醞釀擴散。那幾日儘磨著奶奶打轉，總有藉口黏在她身邊，聽她叨絮一些早已重複千百遍的叮嚀。間或有意無意的、像蝸牛伸出觸角般試探她是否改變主意。直到臨走的前日方覺無望，眼淚便似夏日大雨傾盆，直落到翌日紅腫著雙目，心裡插了千百支利刃般離去。

年歲愈長更覺人生荊棘處處，不時催促心靈成熟成長，心智也會不斷尋求突破。無論是來自內心的要求或外力的刺激，在徬徨迷惑中摸索，就如蛹不斷的奮力破繭。不同的是終其一生，人類不斷和外界相交感，心靈的蛻變總是持續不斷，每一次掙扎和蛻化都是智慧的羽翼再生。我們嬰兒般原始的渾樸已被儵和忽聯手鑿開，人類欲返回代表原始和諧的渾沌狀態，必得不斷自我成長和蛻變。

靜寂的夜空中，有寥若的晨星閃動。記得奶奶說過那是螢火蟲的靈魂所化，我卻覺得那是守夜的精靈在寂寞的俯觀人世，期待與人們偶然的凝視相逢，互通天上人間的訊息。長大後卻覺得每個生命都是孤單的個體，每一顆心靈都自成一個獨立的世界，一個不易和外界溝通，藩籬重重的宇宙，始明白緣何中國的哲學常以物我合一、天人相通為終極目標。

人們總是企圖在各項競技運動中尋求突破，自然界亦然。曾觀察一株從石頭的裂縫中冒出的金絲草，慓悍蓬勃的生命力令人喝采嘆服。然而我更追求精神的超越。英哲休姆認為心靈初來自大自然時是蒙昧的，必得要經教化方能從野蠻趨向文明。教化無疑的也即是和緩的蛻變和提升，前人剔透明澈的智慧有助沉澱種種困惑，還原萬事萬物的本來面目。

這次的病痛是生命的轉折。

醫院顯現的是生命的晦暗。一位腦癌患者正一步步邁向死亡，陪侍的親人明知生命已無望，卻頻頻追問醫生病情是否略有進展。強顏歡笑之下的心情豈是悽愴二字可盡言。常是臥床的病人不知死亡的利刃已一寸寸削毀生命的血肉，仍笑談癒後種種計畫和想望，早已心力交瘁的親人唯唯附和之餘，只有暗自垂淚。常年和死亡為伍的醫生護士，生命對他們揭示的究竟又是什麼？

山的感覺

1

再見面，彷彿是與睽違多年的朋友乍然相逢。有驚喜、些微意外，以及淡淡的陌生。

山卻十分篤定，老僧入定般打坐。灰灰的綠，連綿彎曲的線條，不很高。它在那裡，不欣喜、不訝異，靜靜沐浴調配得恰到好處的冬陽。雲霧在山巔搓揉遊走，山便有些浮雲野鶴的悠閒，和沿途小鎮的慵懶很協調，是一種度假的氣氛。

離開臺北，純粹是為了打破快僵化的生活常軌，逃避膨脹過度的壓力氣球，讓肺部換一換新鮮的空氣。

住在臺北盆地，如蟄居小臉盆。久了，連感覺都會變得麻木。難得有藍天白雲的好天氣，會抬起頭望一望，讚嘆一聲：「啊！天氣真不錯！」的人也愈來愈少。大家都急著進入一個預先設定好的生活程序，時間和感情都換算得十分精確，一點也不浪費。如一份減肥食譜，絕不容許過多的卡洛里。

然而這麼緊湊的生活一久，身心便像負荷過重的彈簧，出現彈性疲乏的症狀。於是悠閒便成為極奢侈又迫切的想望。此刻火車在顛簸，車廂輕擺，像搖籃，心靈充滿舒解之後的暢快。

終於離開臺北了。

2

山野豐盛清淡的饗宴極合我的胃口：極盡可口的綠、十分道地的藍、不加調味料的白。

山和火車之間隔著水田。幾隻鷺鷥或引頸眺望或俯首臨鏡。火車的出現一點也無法驚動牠們。在山的懷抱生活日久，對於篤定的修練，即使沒有登堂大概也已入室了。

車速並不快，景致也沒有很大的變化。然而每一分鐘腳下都是新土。過去和現實都遺留在後面，越來越遙遠。縱然對目的地一無所知，但前進的感覺令人振奮。活著，便必須不停向前試探摸索。發掘過去不曾體會的新經驗和事物，避免曾犯下的錯誤。這是文明演進的原則，可是很矛盾的，人類卻又時常重複著歷史。

3

車窗外的景物略微有了改變。玉米田和檳榔樹漸多，間或掃過大片的甘蔗田。車子應是離開臺北更遠，馳往更山區了。

山仍是在遙遠的地方，若即若離。沒有雲霧繚繞的山頂像半禿的頭。泥土或黃或灰白，清晰裸露。山似乎並不刻意隱瞞、也不誇張什麼。是陽光的變幻和雲霧裝飾了山。

山平靜而沉默，並不急著要求水落石出。或許它已參破人世萬貌。人亦應如是。讓隨歲月增長的智慧去體會生活更真實的一面。以有限的判斷或錯誤的知識去撥開層層霧障，只怕見山不是山。

並未具體建構一座山的面貌。只任童話、傳說和詩詞歌賦裡空靈的意象去堆砌一座抽象完美的大山。它可以是歐洲的阿爾卑斯、中國的五嶽，亦是亞洲的喜馬拉雅；它可以嫵媚、可以蒼鬱、可以莊嚴、可以高峻；它存在於遠古，亦矗立於現代，沒有名字、沒有所在。不受時空的限制，是一切山岳精神的總合，天下名山外貌的精髓，不滅的永恆。

4

進入山，才真正感受到它豐厚而無法言喻的美。

山，望之儼然，即之也溫。一直以為山是道貌岸然的長者，神聖而不可侵犯。山腳下仰望，益發顯得高大偉岸，和遠望的依稀恍惚相去甚遠。那種豁然迫在眉睫，千丈平地起的氣勢會令人為之躊躇、駐足。

山的確是陽剛的。每一塊山石都嶙峋傲岸，線條分明。像濃眉一揚、胸膛一拍、大喝一聲萬事皆由我承擔，頂天立地的好漢。

但是石頭偶爾也會出現像雲、像花、像漣漪的紋理。那令我感覺到山的溫婉。就像每一個剛強的人心中，必然也有不為人知，感性溫柔的一面。

一些山石大概吸收了日月精華，竟十分像特大的靈芝。仔細端詳，又似千年老樹的年輪，記載著歲月的流逝、地球的成長。從遙遠遙遠的古生代至中生代而新生代，山經過冰河切割、地震晃動，歷經滄海桑田的變遷；任狂雨鞭打、烈日曝曬，方有現在的堅強屹立。

當風雨變成無可逃避的洗禮，山顯現一種蒼勁，一種俯視人間的自得與沉穩。若讓山有所選擇，想必不願接受成長的諸多折難，儘管那是蛻變的過程。無奈、必須。

當年少情懷被抽絲剝繭，接觸生活的真實面，才發現詩詞裡著似輕描淡寫的哀愁和痛苦背後，實際上是利刃剜心、尖刀削足的痛徹心肺；所謂浪漫實是踩在一排排刀山上，經文字過濾，感傷提升後的唯美，方開始瞭解父母臉上的皺紋鞭撻出來的，絕不是為賦詩而強說愁。

5

山中幽靜，時間在甲子之外。

光潔的卵石散佈淺淺的溪床，純白玄黑互映。水溶溶流過，就像生命不停接受時流的沖刷，圓融體諒漸替代尖銳刺人的稜角。山靜、樹止，動的是水，流的是時間。

生命又似一條不斷流動的水，時而曲折隱晦時而坦蕩，它可以激越亦可細水長流。徘徊的雲影和藍水晶般的天空倒映，黃色的蛺蝶不時臨水飛過。鳥鳴婉轉，轉瞬掠逝，徒留空谷餘音。

6

下山時經過桔子園。主人半臥院子的懶人椅，嚼著檳榔一副渾然自得貌。前幾日在鎮上閒逛，發現居民們的生活節拍極慢。老人守著一片貨品不多的小店，似乎不在意客人光顧與否。店面斑剝老舊，如四處遊蕩的癩皮狗。

這裡是工業發展的棄兒。年輕的已翻越山頭到山的那邊去展望生機。黃昏之際，一張張縐褶的臉咀嚼著往事，娓娓說給好奇的髫童聽。當牆上的苔蘚不斷長厚，是否，說故事的人愈來愈多，聽故事的人卻愈來愈少？

那些看電視的臉平靜得近乎漠然，彷彿日子一直就是這樣流轉。也許他們對每日相見的山也無特別的感覺，就如同我們對流來流去的人潮、滿街的商店招牌一般。

然而從另一角度觀之，也許山風海雨已然是生活的一部分，若三月裡所向披靡的杜鵑，五月必得要有拉長了臉沒完沒了的黃梅雨。居民和自然界可以像山和雲，相親相融而不相知。宋人不是說「春風來似不曾來」嗎？大概就是指一種渾然無隔的境界吧！

7

山頭上雲的聚散的神祕的冠冕，式樣因晨昏晴雨而變。山呈現無法定義而只能神會的精氣。若山下是一片淼淼湖水，雲霧綣綣迷離之景定會令人想起雲夢澤，一個令《楚辭》開花結果，孕育傳說神話的地方。

在那一段情緒低落、挫折重重的日子裡，萬事萬物似乎都籠罩著灰色的雲霧。連看見初生的嬰兒都強烈的感到生命的無常。粉嫩的面頰瞬即滄桑，挺直的脊骨會漸漸向生活低頭，單純被世故包裝。辛勤勞碌的結果仍禁不起自然力的大力搓洗。時間摧毀人的外衣，索走瞳仁的神采，讓人面對瀝乾水分的自己，只能怔忡驚愕不明所以。而後季節驗收人事，嗩吶悲咽。人生既如此電光石火，叫人何以為繼？

苦思許久無解，便乾脆封鎖自己的思考之門，壓制所有蠢動的思緒，直到來了這個山鎮。

問題並沒有徹底解決。

任教職的學姐和同事們下了課，除了午睡、準備課程，時間就消磨在千篇一律的電視節目和閒談。如果對生命沒有更深一層的索求和理想，這麼公式化的流程應也是一種「過」生活的方式。

然而我無法滿足於如此單調的簡陋貧乏。生命除了淺嘗亦宜深究。只是我漸漸瞭解，任何更深一層的探索也不應傷害原本可以快樂簡單的生活。

8

我仍然日日看山。

黃昏與黑夜交接之際，光線漸弱。和山坦然相對，那厚重的沉默會把人內心最深處、原始的感情擠壓出來，無法解析亦不被瞭解。

前些日子的陰霾散去，生命的凋萎既是必然的，那麼何不在「過程」中豐富它的內涵？花之飄零是必然，綻放時卻轟轟烈烈，繁複滂沛；蟬鳴不過一季，但牠們展現夏的生命力。個人短促的生命卻足以延續整個精神文明，使之生生不息。當所有的苦難傷痕和大自然結合蛻變繼而昇華，採菊東籬、獨釣江雪、細雨落花更有了不朽永恆的意義。

9

夜晚來臨。市聲沉寂，小鎮便如入眠的嬰兒，平靜、安詳。隔壁廟裡誦經之聲清晰可聞。有人謝世，打齋吟哦深夜聽來令人聯想到一些不可知的神祕。

湊巧的是廟隔壁便是棺材店。粗大的樹桐西躺東臥，年輪清晰可見。新製成的棺木像首飾盒。人死之後躺進去埋入土裡，便如出土的玉器重歸大化。

小時候卻對那六塊厚木板釘成的巨盒懷著強烈的恐懼。斜對面一老人家過世，靈堂就設在出門即可望見的大廳。那幾日我便改由後門出入，尚不懂生死的年紀卻敏銳的感覺到那四方盒子標誌著人間情緣的結束。誦經聲和間歇的抽泣在靜夜裡如斯詭異。

我擁著被子胡思亂想。空氣中有一種我嗅不到的、祕密的變化。死亡就在不遠的地方奏著輓歌，而我的生命正旺。生和死隔得如此近，近得我可以嗅出死亡的氣息。

長大後數度回返出生的老家探訪外祖父、外祖母。每一次總會察覺他們的精力和腦力日漸枯竭，髮蒼視茫之外，他們連孫兒孫女的長幼順序亦不復記憶。

外祖母逝世後，外祖父更似驟然間萎謝。從背後望去，佝僂的身影正不斷向土地靠攏。相對的，彼時方彌月的小表妹，卻已會睜著烏溜溜的大眼睛，字正腔圓的叫我表姐。自然力的代謝如斯明晰，簡直令人措手不及。

10

山雨欲來，空氣中瀰漫著水氣的味道，一種久違又熟悉的清涼。佇立天臺眺望，一時雲海詭譎、波瀾洶湧。雲突然間把海浪的壯闊移上山巔，隨著風向而起伏，宛如蛟龍翻騰。

風越颳越猛，竟然把濃厚的雲層掀起一塊。天空露出一角帶灰的藍玻璃，躲在烏雲背後的太陽把不規則的雲緣鑲上金邊。一大束破雲而出的陽光像爆散開的金線落在山上。那塊濛濛的綠忽然像拭淨的碧玉，頓時光潔明亮。

這樣渾沌、帶著天地初開的景色，令人聯想到世間是否有神。尤其這小小的山鎮便有三座神廟和兩間教堂。彷彿自太初以來，人和神便有著密不可分的關係。人們依自己的需要而塑造神的形貌。於是有了釋迦、阿拉和上帝以及名目眾多的神祇。

然則果真有神嗎？

宗教裡的神，原本是人類對生死無常的恐懼出發，把自然擬人化的結果。這樣的人格神的確存在。然而如今神的面貌已被扭曲。人必須為神而愛惜自己造福他人的意義已不復存在。

對中國人來說，「天生烝民」、「天生萬物」、「天行健、君子以自強不息」的「天」應該是天地萬物生長的秩序和法則。對我而言，是只能用心靈直接感受體會的一種神祕力量：一顆露珠、剛萌芽的小草、含苞的花蕾、初生的嬰兒、雨後乍現的虹，甚至漫山遍野白花花的蘆葦，或者不語的山，絮聒的水——一種撼動心弦、讓人寧靜、祥和的力量。詩人遍尋祂不獲，卻透過孩子清亮的眼發現上帝的存在，看到祂在花中微笑，森林中上升揮手；在雨中下降、閃電中伸出雙臂；甚至，和孩子一起戲耍。

是的，祂就蘊藏在日常生活和大自然之中。

11

學校放假，和學姐騎腳踏車爬崎嶇的山路。

雖是冬日，汗水卻像決堤的山洪，和沒有負擔的心情等量暢快。北風中的冬陽暖洋洋。成功踩上山坡時征服的快樂簡單實在。兩旁時有纍纍的柑桔，鮮豔的色澤和飽滿的外形令人想到甜入心脾的汁液。採了幾顆，略酸的甜香恰如生活。

兩旁成片的野花飛掠瞳仁，儘是柔柔的淺黃或淡紫。冥冥中的確存在著一種秩序，把她們和藍天白雲搭配得如斯諧和。

在長達二十幾公里的跋涉中，偶爾路過小小的聚落，茂盛碩大的菜蔬碧綠晶瑩。那是智慧體力與土地雨水的結晶。天生萬物的感覺於焉更加強烈。

12

從山鎮回臺北，竟然有告別家鄉的不捨。

景物流逝。晨光輕落覓食的白鷺和聚落的屋頂上。農作的綠浪一直推到山腳。山頂依然雲濤洶湧，好一幅田園景象。

對這片富饒的土地而言，只有真正生於斯、長於斯、喝這裡的水長大的人才能算是真正了解她的子女。那種血水相連的感情是必須用脈搏去應和、用心靈去體會的。只有遊人才會費盡心思去思考剖析，想用文字捕捉片段零碎的風景。

車子緩緩馳出山鎮。屬於城市的景物迎來。陽光愈來愈亮。我再度回到屬於自己的生活方式、生活空間。

輯四　井伯

七夜流動一次的河

夕陽倦了，忍不住咕咚栽進山背。夜色便偷偷摸摸骨碌著賊眼躡手躡腳匍匐進來，以迅雷不及掩耳的速度，把山川房舍、田野菜苗、紅瀲瀲神氣巴拉的聖誕紅全都掃進烏黑的口袋。

毫無招架餘地的小鎮被這突來的事件驚得啞口無言，也不懂叫喊求援，徒留蟲鳴咿咿呀呀似在估計損失。螢火蟲眨巴著綠眼趕來湊熱鬧，土龜卻不屑地用足按了按地面。貓頭鷹哲學家似地入神，對著漆黑乾瞪著銅鈴般的眼。突然牠「咕！」地一聲，打發在牠眼前亂晃的螢火蟲去探一探究竟。

螢火蟲是個不幹正事的小混混，他東逛西看，卻被眼前這樣的一幅景象惑住了。

一陣陣吆喝隨著卡車的煞車聲，爾後是搬運貨物、鋪攤、架燈桿。人影綽綽舞動，愈來愈多的人聲摔物聲以及燈光把整條街燃燒起來。一條光燦燦的蛇劈開黑暗，緩緩的游移。

近觀時，只見四方湧來的人頭鑽動，香水、脂粉、汗水、油煙、食物的五味雜陳，構成最富人間氣息的寫真。一切關於夜的神話和故事便都不再有吸引力。遠處，幾隻青光閃閃的鬼眼在窺伺人間的熱鬧。

然而這僅僅是前奏。當擴音器以高分貝開始拍賣小鎮的寧靜；小販合力用超級的肺活量把一條沉睡的花蛇叫得活蹦亂竄時，才體會到上帝賦予人類的舌根子是如斯奇妙的恩賜。你聽：

「要買要快，三個五十塊！」（還押韻哩！老闆真不是蓋的，敢情是隱於江湖的落第秀才？）

「跳樓貨哦！看到的通通十塊！來來來，便宜賣啦！」

「一件一百，趕快趕快，先生小姐參考看看哦！」

更有利用文學與人類好奇心理的，豎起語焉不詳的牌子：「內在美泰國芭樂，四個五十元。」那個問起內裡乾坤，便著了老闆的道兒。

「這芭樂皮醜而已啦！外表不好看其實是甜得像吃蜜糖一樣。包你吃完下次再來。」尚未及時反應，老闆再補一句：「我幫你挑，保證滿意！」生意人的買賣藝術，至此發揮無餘。

山鎮的夜市最令人徘徊不去的莫過於水果攤。成熟的果實是生命的高峰，鮮麗的色彩明喻其華美與充實。脆綠的芭樂在燈光下透著溫潤如玉的色澤；透黃的柳丁堆滿卡車，顆顆似會在地上撒野的小娃娃；晶瑩的蕃茄笑得紅光滿面，叫人想起彌勒佛，而草莓的國色天香，最合乎《詩經》裡的窈窕淑女準則。

上輩子想必自己是花果山的副董事長，否則對水果不會如此鍾情難忘。挑水果就像老丈人相女婿，只消打個照面再加一番彈敲便有底蘊，任憑老闆說得天花亂墜亦不動心。水果是夜市的蠱，而我是被蠱惑的書生，心甘情願的掏出花花綠綠的鈔票，還自詡比老孫要吃仙桃還得親自動手去摘更體面風光。

水果攤再過去的時興貨如飾物、皮製品、化妝品，向非我流連之地，倒是展示大地配色藝術之美的瓜葉攤會令人讚嘆擊節。深淺不一的綠中綴一堆紅的辣子、胡蘿蔔、紫茼蒿或白玉苦瓜，如斯盎然的生命欲叫人投入大地的懷抱，棄筆務農去。而經主婦的巧思烹出的美饌，輕易的解說了深奧的天人合一的哲學。生活，便是俯拾即是的學習吧！

逛山鎮的夜市是一種消費。然而除了買賣之外，卻也同時接受另一種不同方式的回饋。譬如欣賞一張張輪廓深邃、線條堅朗如山勢的臉譜，那是結合自然力和上帝的創造力而完成的完美雕刻。黑亮的皮膚如夏染的絲綢，深幽的眼睛宛如百年古井，泛著盈盈水渦。當她們款步而過，笑談間遺落我解不開的密碼，那脆繞的音節必然是觀察了山的堅挺、水的曲柔、諦聽山風吹葉笛的節奏以及細雨和大地的交談，方醞釀出這樣一種和大自然的呼吸同旋律的語言。

在仕女服飾和鞋子的攤子間，一個山胞婦女守著式樣不多的珠串，嚼著檳榔，對著流水般的人潮凝神。那張臉譜黝黑，有山的褶痕以及生活壓縮後的俐落。緊抿的唇形線條分明，下垂的嘴角流露出對折難加諸生命的不屈。

啜完最後一口貢丸湯，繞過烤玉米的攤子，我逕自向她走去。拿起一串珠飾，她豎起一隻手指。

一百元？她微笑，露出染紅的牙齒。接過錢，塞入口袋，復又若無其事的嚼檳榔、入神。

好奇心像小狗舐腳心般搔動我的思緒。唉！這個人有意思，一副姜太公釣魚的架勢，和其他熱絡招徠生意的攤子相映成趣。她分明察覺我的好奇，卻又對我不睬不理。我和她的對峙想必構成一幅滑稽的畫面，斜對面賣乾貨的老闆娘在應付顧客之餘，不忘投來有趣的一瞥。

在這熱鬧的舞臺，每個人都可能成為演員，每一件貨品都是道具。此刻糖炒栗子的焦香、臭豆腐備受爭議的氣味，以及討價還價的爭吵和擾攘的人影都自動模糊為背景音樂，獨有我和她成為老闆娘鎖定的焦點。

逛夜市的趣味就在這裡。角色總在變易，而我喜歡這種多變的遊戲。許多飛鴻爪泥的情節，斑斑點點都將成為茶餘飯後閒聊的話題。

走出市集的聲光人影，夜依舊渾沌如一。人間的熱鬧儼如幻夢，唯有手上的戰利品提醒我，塵世的繁榮仍在一隅發酵，且溫度不斷升高。

踱上山坡回望，燈光和人群如河水，在兩排店屋間緩緩流動。每隔七夜，總要驚動林子裡無數夜棲的眼睛殷勤探看。此時，螢火蟲想必也提著燈盞向久候的貓頭鷹覆訊去了吧？

夜半風聲

夜像一塊逐漸冷卻的仙草，不斷釋放熱量，溶解噪音和光，變得凝斂、沉默而深邃。一切的雜質隨時間移進宇宙深黑的大甕，剩下的，是不安定的思緒在嬉耍追逐。

我的眼睛在字陣間穿逡。不記得兩旁掠過什麼風景，因為被風那日益高昂、如在宣讀戰書，準備掀起滔天大戰的嗓門所震懾。後來那聲音如一頭受傷的猛獸，從肺腑逼出呼天搶地的狂吼。

然而事實上，今晚我期待是攀窗進來的月光。或許是因為起初溫婉的風聲，或許是卡片上那隻蜷縮著身子睡得正甜的貓。牠毛茸茸的大尾巴恰好托住下巴，頭斜側，那神情真像人呢！尤其是眼睛的瞇弧，多似正吮吸牛奶，滿足陶然的小娃娃。牠在自己的夢海上搖晃，全然不知外面的世界正在風雨中擺盪。那是無知的幸福——超越時間和空間。就像任憑人事顛覆、朝代更迭的桃花源居民，是唯一反客為主，擺脫時間糾結的勝利者。
被生活的利齒嚙得遍體鱗傷而步履蹣跚之餘，能否背叛時間，讓心靈停格或溯流？
聽說禪定可以，但總不能鎮日無所事事在形而上的世界自我放逐。唯一的方式是我們自己自俗雜之中抽離，那怕片刻的心靈隱逸。
打在窗板上的雨吱吱喳喳如滾燙的油和水相遇，像小時候挑到死對頭的缺失，攻擊之！攻擊之！風聲宛如助虐的幫手，把走廊變成瘡痍的戰場，舊報紙、花束、拖把雜陳。站在露臺眺望，但覺似欲被風托起。眺望，竟有白色的雲絮，在春夏之交，凌晨二時許的夜空，遠處破空而過、無聲無息的泛白電爪，暗示時節在遷移。
此刻眾生在夢中是否一晌貪歡？在現實中總是以斑剝模糊的姿態出現的夢境，令人恍惚。然而作夢時的感受是如斯真切，如此時撲面的雨。
反身入室，任由風發洩它無盡的冤屈，讓雨淚號啕，而我守一桌寧靜的燈光。
想起外婆的喪禮上，母親和姨姨們的哀慟。歡樂和哀傷繫諸生命，如同蜜瓜和苦瓜皆產自大地。甜和苦之間，究竟孰是人生真味？

小妹忽地笑嘻嘻自桌墊下的照片活過來。鏡頭跳接，她卻又置身於蒼茫的原野追逐一匹急馳的白駒，而在奔跑的當兒，她的身體不斷拉高，長成我國中、高中的模樣。

我見她如此倉促的長大，急得直跺腳，卻喊不出一句話。我不願她重複我那被考試和課本蹧蹋的年少歲月，那些父母引以為傲的獎狀和親友的譽辭都是虛假、僵硬的蛆，啃蝕了我的華年。別人有一大疊郊遊烤肉的照片，張張靈動似彩蝶，而我的日記卻潮濕得足以擰出一桶眼淚。我不甘心啊！我如斯輕易的掠過了梅非斯特千方百計從浮士德那兒換來的青春歲月。眼看著小妹愈來愈與我神似，我卻徒張口結舌，急出冷汗濟濟。

伸手拭去，只聽得雨聲如鐘漏，滴破夢膜，一時化為子虛，只有手中握著的筆在紙上留下紊亂的足跡。鐵線蕨輕擺葉手與夜揮別。窗外已有曙色，雨腳離別時拋下一句：「對於生命，妳有什麼期許？」

拿起筆，在紙上歪歪斜斜寫下：給我一口源源的墨井，一支筆，賜我頑強的生命力，就似大地每日都有探出頭來窺探人間風雨的新芽，永遠好奇。

夢的剪貼

對於用文字餵養生命的人，夢如龜殼上的裂痕，常會逸出現實的遊戲規則，偷偷透露生活無法預知的祕語，反過來營養和滋潤易被歲月瀝乾水分的血肉之軀。

落雨的黃昏曾踽踽行過一個寂靜的小鎮。許多從屋頂探出頭來的蕨族和苔類唱著無言的藍調。走過積水的街巷，所有的店鋪人影都淡入朦朧的水幕。從此這場景就成為夢的常客，怪異的是總伴著鳥嚶或蟬唱，甚或一聲犬吠或貓囈，不合情理，卻也別具象徵意義。獸類的聲音也許在修補那個黃昏欠缺的生氣，太過安靜的生活如留白過多的畫，需要茫茫江雪的簑笠翁，欸乃一聲喊活整個結冰的畫面。

現實和夢其實是無法判然劃分的一體。

遠去的歲月和甦醒的夢就如潑出去的水，再也無法收回。小時候擁有全村唯一的一株蝴蝶花，如今都已飛入永恆的時空裡。我深信那確是生命中的唯一。此後再不曾見到葉色、形狀乃至姿勢都如真實蝴蝶一般的植物。多一葉都是一隻棲枝的蝶仔，隨時撲翅辭枝離去。我總是以為她們有能力作一次時光逆旅，回溯到再也不可能重回的青春之泉去。淒絕的美攀升到頂峰，非昇華即毀滅。所以花化蝶，是為了讓美復活，長成飛翔的夢翼，只在我想念它時才停棲。

夢該是煙霧的家鄉。夢中水聲迂迴曲折，恍恍惚惚令人無從尋覓。如幾回水珠濺濕衣服，涼意沁膚的感覺極真切。醒來，卻是敲窗夜雨。

原來現實和夢是互補的，現實有人們訂下的條例，夢也自有夢世界不按常理出牌的規則。可是因為我們一頭栽進塵世，認定這才是世俗所肯定的腳踏實地，夢便也逐漸凋萎。不信你問問看一觸枕頭便意識模糊的人夢否，十之八九會回你一句：「一夜好睡，連夢尾巴也沒摸到。」神情沾染撲殺夢獸的血腥氣。這類人適宜專心經營人世的繁華榮枯，夢裡乾坤與他自是無涉。

愛詩的人必然也心折於夢的曲折和隱喻。平淡常假借流暢掩飾語景的貧瘠，不知道通俗和通暢是孿生兄弟。通暢的最高境界必由曲折和隱喻蛻變昇華，卻常因貌似而背黑鍋，以致面目愈變愈模糊。

小時候十分熱衷和朋友們交換彼此的夢境，並且以註解它們分岐的意義為樂。

小學廁所的石灰階梯藏著一隻蟒蛇，由於牠一直安於蟄伏，也就彼此相安無事。但是牠終於露面了，在我十一歲的生日夜裡。

竟是一條十分和藹親切的大青斑蛇。溫馴的眼睛，智慧的星芒閃爍。牠知道我每日要步行近一個小時的上坡路到校，稱讚我是肯吃苦上進的乖孩子，又安慰我摸黑上學並不可怕，牠會下令百蛇不得侵犯我。當時雖在夢中，卻也記得心裡悚然一驚，哎呀！原來百蛇之王竟然每日在廁所裡「聽雨」，我們未免太不懂禮數了。

死黨們聽說蛇王托夢給我，非常的羨慕，紛紛想解開夢的密碼。結論是牠看上老愛在草叢山林撒野的我，並一口咬定我日後必會嫁給肖蛇的。

長大後，說夢者常會被視為不務正業。現實世界的雜務多得令人連打盹都嫌奢侈，誰有心情諦聽隱藏在心靈深處的淺唱低語？獨我鍾情於它，視為無所不談的知己。它用各種方式提醒，甚而恐嚇，尤其當我自覺虧欠於人、心虛的時候。該完成的事情一再拖延，它也分出千百個化身，間諜般夜夜來督促刺探，比愛黏人的小外甥更難纏。

我的夢嗜吃文字。常用散文和詩來填飽它的飢渴，讓它滿意得打嗝，才會乖順的入眠，活像隔壁的小娃娃。不過它拒絕長大，猴崽子般機伶。懶散了沒餵它，便耍賴天天來搔癢。因此偷偷閒玩幾天後，總要給它帶個手信，煮幾段字。但是也不能搪塞敷衍，否則它嘗出偷工減料的馬虎，會比大鬧花果山的老孫還潑皮。

今晚我必須決定煮個詩麵或炒一盤香噴噴的散文飯讓它吃香喝足，嘴唇不再噘得可以掛起三斤豬肉般高，趁早打發了它。養足了精神，趕明兒大清早，去和早秋的微寒在山上相會。

童年花園

不由自主地，我進入已經在腦海翻滾復活千百次的花園，雖然明白它不會是我懸念的從前。

原來是紅磚鋪成的小徑，早已被紫薊、昭和草、馬齒莧密據。香附子黏滿褲管，彷彿要阻止我進到令人無法承受的荒涼核心。然而我的腳步不聽使喚，曾經閉上眼睛也能步行的紅磚道，化為強烈的暗流，引我到這裡，像鮭魚涉過重重險阻急流，回到出生的原點去。

門口兩株高大蒼翠的南洋杉陌生的眼神，令我遲疑、情怯。這樣居高臨下的俯瞰，乍然拉開的距離。不過是昨天的黃昏吧！我在霞光中哈腰給他們灑水，俯看水珠把玩天空的色彩！這二者之間，是不是被哀嚎和死亡的血河模糊了時空行進的秩序？但願媽媽好聽的鼻音哼出低柔的催眠曲，淹沒龐大且逼壓而來的死寂。我清楚聽見脈搏在讀秒，這氣氛像少年的我夜半捕捉踽踽行來的詩句。當生命在詩國的豐美恬靜中涵泳，我絲毫不曾察覺戰爭的黑手已揪住衣袖，不由分說突然的便把我推向從未觸及、血淋淋的殺戮戰場。

顫慄閃電一般擊中我，如青苔的鬍鬚摧毀那堵圍牆——曾經是父親引以為傲的、流傳了好幾代仍昂然屹立，家族興旺和不朽的象徵。父親多次在瑣碎的回憶中，拼湊了素未謀面的爺爺風骨凜然的讀書人形象。

風和蔦蘿在交頭接耳，惹得吹紅喇叭的小花和貓鬚一般的綠葉紛紛好奇的打量我。我已經失去孩提的時候，對園子裡乍現的花草追根究底的動力。花園曾是心田的一隅，而今心死，花園早也該埋葬在陌生的野花雜草裡。

蟋蟀叫得漫天價響。童騃時捉蟋蟀的熱潮曾捲走許多個炎熱的午後。那塊石墩。哦！我的遲疑找到了落腳的基地——那塊滑溜的石墩，證實了童年花園的消翳。可是弟弟不正站在上面神氣活現的發號命令，當他威武不可一世的小霸王嗎？聽！他說：「你這個奴才，膽敢偷吃朕最心愛的巧克力，該當何罪？」

小狗果然把頭一低，嘴巴觸到土地，識趣的垂下眼睛，彷彿在說：「小的不敢造次，小的該死，實在因為一時嘴饞，小的願意掌嘴，陛下您饒了小的吧！」小弟滿意的笑開了。然後是媽媽裝扮整齊，一手扶著石墩，神色拘謹的讓爸爸把她裝進一張平面的照片裡。

曾是紅蟲滋長的水溝，早已荒草萋萋。風像拉一首幽怨的小提琴般，緩緩的呼啊呼啊哭泣，又似在召喚爸媽飄渺的魂魄歸來團聚。黃昏瑰麗的色彩只有反襯出院子的幽寂，真像一幅虛幻的佈景搖曳在幢幢鬼影裡啊！唯一叫人稍感慰藉的是月桂的清香，引領飄泊的靈魂回到家人安息的土地。

白千層蒼老斑剝的外表下，是柔軟多感的內心，經不起尖銳無情的現實赤裸的告解。這是鏡花水月的人世，生命如蒲公英的花翅，不知明天駐足何處。從來沒有想過人和植物的命運如斯相似。當槍枝成為最親密的友伴，這片土地便離我愈來愈遙遠。在生命線上擺蕩的生命多麼渴望戰火一熄，重回安寧的家園，儘管我瞭解它逃不開毀滅的厄運，卻總是下意識的期待它仍然完好如昔。半夜驚醒，總是有股強烈的衝動，立即飛奔回去。

如今歸來，卻寧可保有當初的回憶，房子早已成為牽牛花爬牆虎的骨骸，像我空虛脆弱的身軀。當回憶也被連根拔起，這副行走人間、盛飯接水的皮囊也不在乎繁華耀目的風景了。只希望玫瑰的甜香引領我回到永恆的國度。也許，爸媽和小弟正在開滿鮮花的園地，微笑迎我。

（蹣跚的背影消失在村口。我依老人的描述勾勒一座消失的空中花園。而花園的靈魂，那些遠走的幸福和滋養生命的笑聲，卻早已攀上老人的傴背，一同踱入歷史的深巷。）

不睡的眼睛

那不安蠢動的思緒如間諜，伸出敏銳的觸角試探夜的深度，對疲憊的肉體消極的抗議視若無睹。

古井一般的夜墨，幽黑而透明。從前生活規律得如上了發條的鬧鐘。健康生活的模範生是沒有機會一窺世界闔上睡眼的陌生國度的。偶然的幾次和古人神遊，錯過了睡眠列車，欣賞到夜變幻新奇的風貌，便開始用飽睡之後的清明耳目觀察搜索，確實成了靜待鼠輩出沒的夜貓。

常常在文字王國的旅遊途中，被室友的磨牙聲喚回現實。喀喀！喀喀喀！活像格鬥時摩拳擦掌的前奏，不知道她是否在夢裡和假想的情敵對峙，正恨不得置對方於死地。

戰情正熾，因哥哥的女友退宿而得以潛入宿舍寄居的高三學妹，開始用夢的語言背誦那永無止盡的課文、單字、年代和也許一生也無法落實的地理位置。

是在補償白天閒逛，自覺浪費了時間而生的罪惡心理吧！「一九四五！」那是世界被戰火煮得鼎沸的年代，然而那對她而言，不過是遙遠的史蹟，遠不如美食、郊遊和逛街來得有意義。那也可能是和數學有關的夢囈，再玄些，亦可能為私人夢世界的密碼。可憐的十八歲青春，必須在對抗與矛盾中一點一滴的流逝，難怪她總是眼巴巴的看著我在她所謂的「閒書」中過得日夜不分。

而我倒十分羨慕那隻老在宿舍閒逛的大花貓，帝皇般的倨傲與自得令我自嘆弗如。有一次牠躺在三樓階梯的轉角，垂釣般把大尾巴從欄杆之間懸下。上樓的人必須仰瞻貓顏，還只能見到不時左右擺動的毛茸茸長毛條子，得個名符其實的見尾不見首。

那隻老在半夜翻垃圾桶的老鼠大兄和我一樣貪玩。由那種乍見之下會讓人倒抽一口冷氣的體積來看，想必年紀也一把了，卻依然愛和我捉迷藏。

出來泡茶，見牠拖了一個大便當，使盡全力想透過儲藏室的門縫往裡拉。我蹲下，牠竟然探出頭來斜睨我。鼠目雖小，光芒如炬，一時反倒令我心虛，彷彿打擾侵犯了牠的夜生活。

蟑螂也是極囂張的諸侯，和老鼠一樣割據夜的土地，甚至打我的腳板竄過，留下雞皮疙瘩的噁心給我。原來小動物也在覬覦被白天的機械人聲喧囂霸佔之後的寧靜時刻，並且比我更理直氣壯且出入自如。這個發現著實令人洩氣。可是小動物們並沒有因為我想私自獨霸的野心而動干戈。或許牠們也在詛咒——奸詐的人類用盡方法把地球的空間、宇宙的時間都中央集權，欺侮牠們這些弱勢的小老百姓，口誅筆伐之餘，還要趕盡殺絕，因為是異類、髒，不合乎人類的衛生標準、審美眼光。

開始有人說夢話。呢呢喃喃的模糊不清，夾雜著抓癢，輾轉時木板床的呻吟。夏末的夜晚靜得可以感覺到水般的涼意正和肌膚摩擦的聲音。自小就愛躲在角落靜觀人群在熱鬧中融化、結合，而自己卻骨角嶙峋地不合群，又老愛幻想到人煙絕跡、青鳥不飛的荒漠浪跡。我把這種不合乎世俗眼光的個性稱為月之戀，相對於太陽的耀目明朗，月亮總是有點兒鬱悒、孤僻。

夜已流到出口，黎明的海洋在輕唱。有鳥聲、早蟬。早秋的寒意從微涼中走來，在我的睏眼中，微笑著踱進夢土來。

井伯

井伯原來姓啥，村子裡無人知曉，也就甭談探究他的名字了。主婦們覬覦的是他家後院那口水質特佳的老井，逢年過節搓粉擀麵皮，少不得和他攀交情，給他送瓶酒，煮隻肥腴的酸辣豬腳巴結他。漢子們向來不管這些細枝末節，反正喊井伯也挺溜口，而且以物誌名一向是我們村子的特色，芭樂嬸就是因為她家那棵紅心土芭樂特別脆口而得名的。

其實井伯本人委實比他的井生動有趣。

有一陣被所謂的文藝書浸泡得腦子發軟，動不動就花濺淚鳥驚心的，覺得活著著實累贅，看井伯打水的神情好似在做一件十分神聖的事，便鼓起勇氣問他生活的意義。

他瞪我一眼（我這才發現原來他的眼睛並不小）。那眼神翻譯過來就是「這麼沒有意義的問題我才懶得理妳」。其實話一出口我就後悔了。那簡直就像問一隻老鼠為何要半夜才賊頭賊腦的出來覓食那般愚不可及。我想校門口的孔子銅像聽見，也會老氣橫秋的還我一句：「孺子不可教。」

井伯閒來無事喜歡算命看相，也愛講禪鬼妖狐。他說自個兒孤家寡人，無牽無掛的，也不忌諱洩露天機會招來妖異，而且人和鬼橫豎並無多大差別，不過活動的時間顛倒一下而已。

菜在鍋裡說話，濺起的油花像口沫亂灑，井伯的嗓門卻比它更巴喳，一口廣東話活像菜刀和磨刀石急遽碰擊，犀利乾脆得要把耳朵刮出油垢。若生在唐宋，他應該去走江湖說戲。正這麼想著，忽見他把火紅的辣子拔了蒂，一頭栽入鹽巴罐再塞入嘴裡，大口大口生嚼起來。我倒抽一口冷氣，彷彿可以感受到嗆辣從舌尖麻到舌根，連沾到邊的雙唇也火燒似地。

井伯常自謔是英雄落難草莽，如今隱姓埋名，把過去都丟到滔滔東逝水裡。他總騎一臺可以送到博物館典藏的老鐵馬，在足可把人烤溶的大太陽下幫雜貨鋪子送貨。汗透衣衫，也沿著臉頰小水流地奔竄。他不擦也不理，滴得太猛時索性用手往額頭一揮。那氣勢直叫人想起揮汗成雨。

依照他活過半百的經驗，身子愈疼惜就愈會撒嬌生病，像女娃兒一樣，寵不得的。我岔口問他何謂人生七十古來稀。他從鼻子擠出一聲悶哼，把最後一片白花花的豬肉送入口裡，碗用力一擱，「要活到七十還不容易，像我這樣啊！」說著挑起釣具，順手把一大瓶竹葉青放到竹籃子。心知他又要往村民避瘟疫般的鬼池去。碗兀自瑟瑟地抖，空氣裡猶有盪開的餘漣。

鬼池的謐靜其實十分適於午寐休憩。竹子蓊鬱茂密，泥土因為近水而帶濕味，陽光羸弱，大熱天也涼颼颼地有些陰氣。大家繪聲繪影傳說有不乾淨的東西出沒，但是誰也不曾親身經歷，老祖宗們都告訴下一代，竹子多的地方近身不得，這是連小孩子都遵守不疑的真理。因此鬼池魚苗豐盛，井伯從不曾空手而歸。

他自稱自己八字斤兩夠，且大白天活見鬼曠世未聞。「討幾條魚吃又不罪過，我一生光明磊落，即使夜半敲門心也不驚。魂屬靈，魄屬氣，竹子的靈氣就是魂魄，那些老傢伙把竹子多的地方說成不乾淨，簡直是河心的沙子——淤（迂）到底嘛！」

井伯雖粗魯不文，但也絕不是那種倒吊三天也滴不出半滴墨水的莽漢，偶爾會冒出一兩句聽來十分有學問的成語俗話，而且極溜口自然。

傍晚彩霞滿天，井伯破例沒有在門口用鑼般的粗嗓子喚我去嘗鮮。下弦月升起，峭愣愣地鉤在鬼月的夜空。狗吠在深巷帶著挑釁的興味，嗚嗚的尾音拖到最後變成淒厲的哀嚎。捏著枕頭的一角想井伯講的鬼故事，我最後在狐狸啣了一塊屍骨拜月而成精的情節裡矇朧睡去。夢裡見井伯在井邊打水，月光冷冷，水聲像碎玻璃，影子和實體之間並無多大差異，一切都不太尋常，邪門得有些叫人驚懼。

大清早睡眼未張，意識尚在摸索黎明的出口時，蹦的躍進井伯多褐斑的皺臉。寒雞啼曉聲此起彼落，冷風灌進鼻子。肚子發動飢示器，咕嚕咕嚕的讓我又想起鮮美的生魚粥。井伯怎麼會忘記「魚霸王」我呢？

吃過早飯，把嘴往衣袖一抹，沿路半跑半走的把雞鴨嚇得撲翅四飛。七彎八拐往井伯家行進，在木門前煞住腳。闃靜無人。井伯很少透天光出門，除非去探訪遠方的老朋友話舊。可是他一定會在出發前幾天就先有預兆——嘮嘮叨叨把我幾乎能背的當年勇，炒冷飯般再說一遍。

忐忑不安地往回走，竟有去鬼池的衝動。愛幻想的老毛病把我困入自設的陷阱——井伯，該不會被鬼池的主人押到池底，逼他償還大啖魚族子民的債去了吧？

打了個寒顫，不行！那我也有共犯之嫌。煞住腳，卻幾乎觸到轉角的一大塊土球。不，是肉球——什麼時候這牆長了一大塊贅肉？不對，這不正是井伯的註冊商標，如孕婦懷胎六月的大肚腩嗎？

一大串問號爭先恐後擠在喉頭，倒是神色怪異的井伯先開口：「回去吧！魚兒都讓孤魂野鬼吃光了，七月過了再釣幾尾給妳解饞。」一股酸酒味夾雜著汗味，嗆得我暗自止住呼吸，他摸一下我的頭，大踏步離去。他的背部沾滿了濕土，儘管仍是大剌剌的跨步，卻沒有平時軒昂如山、勁健似飛的氣勢。

邊走邊揣測，千萬種假設不經他親口證實，就如憑空揑泥人般沒有結果。依井伯鋼鐵鑄成的脾氣，不願吐露的事，就算把他腸肚淘空也摳不出一絲端倪。

不過後來他遵守諾言，把我的五臟廟祭得服服貼貼，連哽在喉頭的疑慮也一併吞到胃囊，消化得無蹤無跡。也許是和那頓飽餐化成了血液，那團疑雲隔段時日卻總又搔個癢，翻翻我思緒的抽屜。但礙於他的言談舉止如昔，逮不到機會揭開謎底，更何況井伯的火爆脾氣足以炸開最堅固的鋼筋水泥。對於一個未經世事磨練的少年，吃香喝足之外又有玩樂，生活也就應該無所欠缺，便把那天的腦海風雲當成是少喝一碗鮮魚粥而引起的胡思亂想了。

尸毗王

0.

「我答應你！」

大地震動，萬籟俱寂，空氣如緊繃的布帛驟裂。尸毗王低沉的回答是平地悶雷，意外、迅速、引爆沉鬱的氛圍；似閃電萬鈞，劈天破地。侍臣和宮女俱愕，不能言語。尊貴的王，備受呵護的王，不曾遭受破膚之痛的王，竟然答應老鷹以等重的股肉換鴿命！

（荒謬，卻符合經典的旨意。百緣經文[1]滿意的打個哈

[1] 〈尸毗王救鴿緣起〉本出自《菩薩本生鬘論》，與出自《百緣經》之〈尸毗王剜眼施鷲緣〉之主旨和精神相同。因二者俱屬《大藏經》之本緣部，且無論音律節奏或閱讀方便都較前者佳，故以《百緣經》代《菩薩本生鬘論》。

欠——熟悉的故事，不容置疑、高貴而權威的慈悲，已被傳誦二千多年的偉大施捨——即將復活。）

1.

鷹要求我以相等於鴿重的鮮熱血肉作為交換的代價，我答應了。

明知弱肉強食是自古而然，不容改變的食物鏈；自然界得以連續延綿、鐵一般的定律，可是，我不忍心。

若非適逢我至城郊，鴿子必然已成老鷹的果腹。可憐的鴿子，正在我脅下索索顫抖。牠必然被突然降臨且遽爾放大的死亡驚嚇而不能自已。

鷹瞳燃燒的飢餓之火逼出熊熊的殺機。我無法拒絕一個瀕臨死亡邊緣的生命。那是生存的基本需要，就像人類飢則食，冷則衣是相同的道理。

侍臣苦諫以其他的血肉代替，可是那豈非救一害一，與我昔發菩提心，普渡眾生之意相違逆。

所以我答應了。

在不傷害其他生命的原則下，答應割自己的新鮮血肉換取完整的生命。不是最智慧，卻是唯一的抉擇。

0.

很悶、極靜。

尸毗王的臉上有疑雲。施盤穩懸天秤兩端，閃爍銀光銳利如刃、如鷹瞳。

「備受愛戴的王，您既誓願以慈悲喜捨無量心攝護眾生，當不使他們為苦厄所困。然而此刻鴿仍瑟縮顫抖在施盤那端，而我數日未食，再也無法忍受飢火的煎熬，為何您還垂首斂眉，沉思猶豫？」

1.

不，我不是遲疑。肉身不過因緣生滅，生命不斷在時間與空間的座標間轉移遊移，與其讓它平凡無奇地腐朽消滅於天地，不如施捨來得有意義。

然而，我確實有些迷惑。

鷹的影像愈來愈近，像獵犬覬覦生人的血腥，餓狼垂涎羔羊的嫩細。鴿子單薄的身軀感到死亡的欺近，撲動的翅翼，驚怖的眸光更加攪盪我的思緒，我，我竟覺得心慌。

見眾生苦能力可及而不為是不悲，可使眾生樂而不為是不慈，不慈不悲違我渡眾生之願。若果能保鴿之命，免鷹於飢則是真善。可是，割肉難道真的是明智之舉？

我讀出周遭臉上的疑慮。他們必然不解如此權宜之計，而時間不容許我有考慮的餘地。

0.

割吧！不要遲疑，血腥的滋味、鮮肉的溫熱，刀刃與鷹喙俱在期待。不要揣測，不必顧慮，侍臣宮女不過珍愛王的龍體。而肉身正如您所言，不過是驟生驟滅的短暫因緣，只有賦予它崇高的情操、永恆的價值才足以傲立於天地。

「可是王，人民因您的仁厚慈悲而樂業安居，愛戴您如父母，而您竟輕易損身，如何稱得上愛民如己？且割肉餵鷹非長遠之計，請王再三考慮。」

刀迫不及待出鞘，鋒芒冷笑。手臂揚起——花香、鳥鳴、風、雲俱止，蟲噤。死寂。我們已凝氣、屏息、期待——《百緣經》最得意的情節，一場以血腥流芳千古的、以慈悲為主題的絕後演出。

手和刀結合成一股菩薩的速度。

刀速如飛。肌肉與右股的決裂乾脆俐落。零痛楚。很多血溪沿雙腿奔流。剎時尸毗王容色如蓮綻，彷彿施捨的滿足昇華了痛楚，慈悲無量心淹沒了迷惑。

（想像的野馬馳騁，體會史無前例的畫面，包括掩面哭泣的宮女、手捧血肉不忍睹的侍臣、圍觀的天龍夜叉、乾闥婆[2]驚嘆、佩服的表情，以及山林大地皆動容的肅穆莊嚴。）

1.

佈施的喜悅如血泉湧，淹沒了我的疑慮。

救鴿不為財寶、不為攫取虛名，只因忠實於自己的生命，出於人人皆有之憐愍，與生俱來的不忍和惻隱之心。侍臣你無需顫抖惋惜，血肉終將腐朽。就按照我的旨意置諸秤上，讓它把鴿子支起，鷹不再挨餓受飢。

2 天龍夜叉、乾闥婆與諸天、神龍與夜叉、阿修羅、迦樓羅、緊那羅、摩喉羅迦皆為天神名，共稱八部眾。

0.

秤竟對股肉的淨重無動於衷，彷彿那是虛置的砝碼。

鷹不斷迫近，血肉的腥紅如柴薪，飢火的烈焰愈燒愈猛，鴿子的呼吸愈來愈急愈來愈巨。

1.

秤不認同股肉的重量抑或要求更多的血腥？

我潛伏的憂慮如同汗濕而顯影的身形漸漸透明。

日朗萬物、月印萬川，宇宙從不偏頗任何使命。無論是貴為森林之王的老虎或微小的蜜蜂，乃至一隻身體有缺陷的小狗，都享有等量的光與熱。寒冬將盡，連最不起眼的小草不也鑽出泥土領受春風的美意？

眾生本無高低貴賤之分，自我中心的人類卻總愛把自己置於高高在上、不可一世的地位。我們不了解生命本應平等，即使細小如螻蟻亦和人類擁有同等的權力和意義。

是的，這是不渝的真理。

我不該輕易給鷹承諾，僅僅部分血肉如何能與一個完整的生命相媲？我豈非高估了自己而貶低了鴿子生命的價值？若滿足鷹的要求，日後將會有多少雙的同樣命運的翅膀落入鷹的利啄？要用多少的鮮血肉方能填滿永無止境的胃囊？

痛！傷口開始狠狠的嚙咬，我的意識似乎更加清醒了。

父王生前多次語重心長囑我以智慧治國。我聆聽牢記了卻未曾真正了悟其中的涵意。或許，這血肉淋漓的一刀是必然的代價。沒有理智的慈悲猶如投石填海，不過是徒勞的行為。

灼熱的血液自右腿經足尖滲入乾裂的土地，我知道該怎麼做了。

（不安穩的夢境，頻頻動盪的思緒，彷彿有出軌的預兆。百緣經文努力睜開惺忪雙眼，頓時被與原典大相逕庭的改編嚇得從夢谷踉蹌跌入現實裡。）

你應該仔細欣賞它錯愕的表情，並給予熱烈的鼓掌。

0.

塵沙飛揚、如霧突起，尸毗王疾飛如矢的身影驟然向鷹飛去。鷹愕成朽木。意外的插敘，如突然掩至的暴雨。所有的眼睛來不及會意，神情猶在虛空遊離。鷹，已在尸毗王的懷裡。

「王！您普渡眾生的誓念和慈悲竟是誑語！知我飢渴，卻奪我獵食；既答應以等重之新血肉償我，今又失諾，更囑人囚我入籠，是何道理？」

1.

「不，我非不慈不悲，亦非故意失諾。為了鴿子的明天以及更多的羽翼，我必須，而且應該如此。」

0.

梵唱如夏蟬四起，尸毗王的聲音如暮鼓，沉穩而清晰，隨晚風輕撫每一顆被驚嚇的心靈。有讚嘆聲朗朗，煨入燃燒的晚雲裡。

（雖然改變了經典的結局，卻更符合佛的心意。百緣經文頷首，滿意地把自己闔起。）

雙層的晚年

我偷溜上樓，趁管理員陷入瞌睡的海綿、泅泳酒國的時候。

這是英殖民地時代的建築，西歐農村風味的雙層大別墅。階梯、欄杆和二樓的地板全是厚重樸質的柚木。因為年紀老大，稍用力它便吱吱喊痛，提醒來者腳下省點力，老骨頭可不耐踹的。倒是二樓大幅的落地窗，迎來晨昏煙霞，每天都朝氣煥發。

風在跑著，推門，陽臺一把搖椅和外頭那棵老槭樹無言相望，活到這把歲數，再沒有什麼新鮮事值得嚷嚷。不像醉多醒少的印度籍管理員，老愛嘮叨，喋喋不休，儘談些過去的餿水剩飯，老掉牙的故事。這老人，總是靠回憶和想像架構生活，堅持老死英國的主人會像鳥般回來過冬。

他們那輩人重情義，不同國籍的主僕二人似生死之交，他的每一甕回憶都上過釉彩，美得令人懷疑。那麼迷人浪漫的異國情調，是小說和電影的鏡頭。我常被哄得和他一起在大太陽下做起堂皇的白日夢。

二樓的家具古舊得典雅、憂鬱，充滿前人生活的隱喻。沉甸甸的廊柱與挑高的屋頂拉開的空間，恰好讓午後淡金的陽光，結一塊透明的愛玉凍。

當樹影拉長，溫馴的晚風來敲窗，我習慣坐在香附子星散的草地，雙手環腳，下巴頂膝，在豐腴的綠草間尋找小蟲的影跡，有時驚起蚱蜢，箭般飛射出去。

玻璃窗很快的開始繪彩，霞光漫飛，歸鳥回巢時，草蟲間開始鼓噪。更多時候我乾脆以草為絨床，坦然和晚空對談，天上航來的落葉像帆，我等千帆過盡，指認一顆星盞。

這裡最有氣魄的要數厚實廣袤的油棕林。放眼山頭儘是足以溺斃人的墨綠。雨雲壓頂起風時，如青蛟興風作浪，在雷電的聲光助勢下，跋扈飛揚。然後雨勢如洪，所有的委屈壓抑嘩啦啦崩瀉，哭得聲嘶力竭，暢快淋漓。這是大自然的爽快、落俐。就像面對生命難以取捨的攸關處，能昂然落款，無悔。

老管理員就是狠不下心挖掉回憶這毒瘤，任由它耍賴，一寸一寸腐蝕他殘朽的身軀，還一瓶瓶椰花酒去滋養它。然而誰忍心敲碎他的夢，讓他懷抱一只空甕，不知該用什麼填實補滿，每天數著空洞的日子過活。

也許這房子該多隻狗，添點聲響和陽剛。該問老人是否願意領養常來我家討食的小黑狗。行至吧檯，不見他霜白的頭，大概又滑到地氈上去了。稍一遲疑，我決定還是不吵他。

竈

竈的長相的確不討人喜。灰頭土臉、笨拙、龐大而不合時宜。齷齪、黯淡的外貌活像邋遢的煮飯婆，登不了現代的廳堂，出不了農業時代的廚房。它只適宜屈蹲在古早的農舍，分攤那輩女人說不出口的心事。它靜靜的看著新婦慌亂的手腳打點一家老小的肚子，如何由人妻而人母，和自己一樣愈變愈舊，漸漸的古老；儘在竈邊團團轉的輕快身影，轉掉青春，轉大了兒女。而後，自己也變得不合時宜。

奶奶入門那天，新竈光鮮耀眼，一如她身上剛裁的嫁衣。當燒菜的功夫逐漸純熟，食指也日益繁浩，儘管手腳再麻利，她窩在廚房和竈廝磨的時間卻從不曾相對減低。

油垢開始累積，柴火燻黑了嶄新的石灰牆，不變的是愈燃愈旺的火舌和劈啪的柴響。她幹活的時候，婆婆銳利的目光近得像兩把刀子貼在背上。她漸漸習慣了和勞累一起生活，守著火星子明滅，飯熟菜香，夜短晝長。

後來，晝夜的界線模糊了，一切都渾沌、昏昧。再後來，連朦朧的影像也被吞噬，世界只餘無涯的黑。她得耗費更多的時間摸索，學會不靠眼睛也能料理一家子的瑣事，淘米燒菜，連帶服侍癱瘓的婆婆，以及一年一個、恰好可組成一支籃球隊的小孩。

我認識的奶奶，是早已習慣用聽覺、觸覺和對環境的熟悉，裡外打點得纖塵不染，稍帶潔癖的安詳老人。她養一群雞，以及一隻和她一樣，習慣早上喝點咖啡的黑貓。

大半時間奶奶仍然與竈為伍，依舊有忙不完的活兒和用不盡的精力。天熱煲薏仁、綠豆湯、銀杏豆皮粥，冬至搓湯圓，端午洗粽葉、浸糯米、煮餡料，裹的粽子比眼睛雪亮的主婦更結實。新年的糕餅式樣多得叫不出名堂。她做每一件事都不馬虎，地板滑得蒼蠅也站不住腳，成天洗洗刷刷，似乎沒有閒下來的時候。

然而無論多忙，她卻從不讓我近竈。問原委，搪塞個乾脆的「髒」字把我打發。稍懂事，答說嫁人了，就得一輩子在油煙裡滾，甭想脫身。那時我尚不能理解這句平靜的話裡，竟涵蓋了那一輩女人的辛酸。倒是經年不出門，卻像曝曬過度的皮膚令我好奇。是出於對陽光近乎固執的懷念吧，抑或不止息的火光烙下的印跡？

午後的毒辣陽光儘往疲軟的葉子身上扎。熱浪一波波透湧進紗門，凌厲的火攻連挑高的屋頂也招架不住。綠豆湯猛冒憋不住的熱氣。樹影在火氈躺下，故事浮起。

一樣平穩的神情和波濤不起的語氣，我起初也當不相干的故事聽。漸漸的，那裡頭出現了父親的童年。瘦黑精靈的孩子似隻林野間竄奔的小獸。充沛的活力和小小的機智，恰夠他當小霸王，麾下是一批同樣愛撒野、不穿鞋、更小的孩子群。她描繪孩子神氣活現的神情，山川的靈氣在他輪廓間流淌。微仰著頭，說著，笑意瀰漫。然而孩子少年的傲氣模樣，她卻只能一點一滴的拼湊別人告訴她的印象。

親友一旦說我長得像爸爸，奶奶就會急切的問：「是那裡像呀？」大家的說法有點出入，她便用粗糙而溫暖的指腹摸我的臉，從眉毛下滑到鼻子、嘴巴。捏我的耳朵時總會附加一句：「這麼軟，耳朵最不像。妳自己說，那兒最像？」小時候我搜盡貧乏的形容詞，費勁的描繪，好讓她拼湊出我的長相。然而當我的辭彙豐富，卻酸楚得一個字也說不出口。

廚房的老式掛鐘對奶奶而言，只不過是可有可無的裝潢。常常坐久了，她會突然站起，說出接近的時間，然後摸索著洗切、生火，那一刻，我常懷疑她是看得見的。

竈的左上方靠牆處，是一列不同用處的菜刀、水果刀、刨子以及砧板。她做事的俐落乾淨，令人難以相信她已失明近二十年。也許是殘酷的公平吧！她異於常人的敏銳聽力和直覺，即使連悄無聲息的黑貓欺近，她都能發現。她總是用哄小孫子的語氣喚牠。慣壞的黑貓人模人樣的在腳邊摩挲，要人好聲好氣誇牠，當然最好挾塊香肉讓牠吃得服服貼貼，連個呃都忘了打。

黑貓也離不開竈。

兩個不生火的竈口擱滿油瓶、火炭、大包炒過的粗砂鹽。那裡是鼠輩的食堂，也是絕命之地。黑貓平時跟著奶奶嘗鮮吃肉，從來不屑吃這灰溜溜的賊東西。倒楣的老鼠常是被「玩」得驚嚇過度、力竭而斷氣的。等到老鼠沒動靜，牠才大尾巴一豎，揚聲長喵，心滿意足離去。

更多時候，牠蹲在竈腳小盹。或者乾脆身子攤開，肚皮貼地，動也不動，一副睡死、欠揍的模樣，只怕被老鼠扛回洞裡也沒知覺。

牠也會欺負奶奶看不見，喚、哄、喝、罵都不應。然而多次診治都不見起色，她也心灰意懶，姑姑父親勸不動，換我們小一輩的出馬，她總是戲謔的說：「醫得好，就是天上掉下黃金了。」

其實，她渴望能再與光影琉璃的世界相見，仔細端詳已為人父、人母的孩子，臉上是否也沾染了風霜，孫子們究竟繼承了幾分父母的長相。然而，她必須攀越「習慣」這堵高牆，全盤打翻由習慣和黑暗摸索出來的秩序和安定感。對生活，她毋寧是接受多於掙扎，認命超越怨懟的，像那座與人無尤、靜靜的竈。

她伴著竈，守著一個由井水、炭火、柴薪、木碗櫃、火鉗等傳統炊具組成的舊世界。為她購置的冰箱、電爐倒像是陪襯品。水龍頭開關一旋，嘩啦嘩啦的自來水任人揮霍，她卻寧願打水，一瓢一杓節省用度。

只有在逢年過節，人間繁華才會來到竈邊。五個竈口同時生火，不同的年菜或炒或煮，煙火和菜香混合，大人汗濕臉紅，可是說話的語調高亢。奶奶這時反而閒逸的聽任孩孫們忙，笑瞇瞇地。唯一不高興的，是飽受冷落、干擾的黑貓。

年節過去，老房子回歸靜寂。奶奶又再盤算養一窩小雞，或許清明，或許端午、中秋，竈口再次燃起節歲的歡愉。

冷清久了，奶奶也會過意不去，對竈口與我抱歉似的，不聲不響的焗鹽雞。紅豆般粗的砂鹽炒得燙熱，埋入去毛包油紙的雞塊。熟透時的熱香，飄越十幾年的時空，來到我的筆尖。

竈早已蹲成歷史。它變成一隻蜘蛛，無數的故事掛搭在它輻射狀的絲網。我無法跨過那無形的距離回到屬於竈的時代去，只好遙觀那飄忽的絲網，搖曳在騰空的記憶裡。

附錄

附錄一

「島嶼」為烏托邦的翻版？

陳慧樺

鍾怡雯真的失去了那個島嶼嗎？她今年才念大三，險些就摘下馬來西亞《星洲日報》首次舉辦的「花蹤文學獎」散文首獎，又以〈山的感覺〉一文榮獲今年師大文學散文獎。我真要發問，她是在現實上還是在心靈上失去了桃花源的？

〈山的感覺〉跟〈島嶼紀事〉這一篇一樣，寫得極細膩、飄逸、灑脫、感性，作者並想辦法甚至連淡淡的憂鬱都漂洗一番。〈山的感覺〉寫假日避開臺北到山區小鎮去訪友的細膩感受，這一篇抒寫小時候在鄉下的種種情事糗事，多少都有一種追尋超越、追求平和、追求知識與突破的味道。我相信，任何讀者都會為她所寫的相當樸素又充滿生活情趣的文字所感動；她的文字鮮明、跳躍，甚至雜糅了一些野味。你看不到她的嘔心、匠意；她的文字是那麼輕鬆地流出來，有時候有鮮活的意象，有時候有平暢柔和的節奏感。

所以，我仍舊要問，她心中的烏托邦真的喪失了嗎？

她在〈山的感覺〉一開頭就寫道：

山卻十分篤定，老僧入定般打坐。灰灰的綠，連綿彎曲的線條，不很高。它在那裡，不欣喜、不訝異，靜靜沐浴調配得恰到好處的冬陽。

除了節奏舒暢之外，第三個句子尤其有韻味。反過來看〈島嶼紀事〉的抒情意象：

我把那塊未琢的碧玉藏在記憶的百寶箱裡，時空的鏽痕侵蝕不了它。只要我願意，隨時可以取出把玩，仔細欣賞，看每一道原始的線條、每一個稜角、每一處凹凸的痕跡，感覺它的溫潤輕細。

把對那座島嶼的記憶鏤琢成一個碧玉百寶箱，而把玩這精緻的百寶箱即等於把玩亮閃的記憶片段。這些句子的意象都極新鮮，更重要的是它們都可以排列成詩句。這就是鍾怡雯的散文的長處、特色。只要假以時日，更深刻的結合楊牧和余光中的長處，她要超越簡媜和陳幸蕙等是指日可待的。

文字濃濃的詩意固然是鍾怡雯的特色，更重要的是她的作品都有內涵，而內容又能剪裁恰適，因此顯得非常活潑。像本文所寫的朱槿、竹籬笆、相思林、校長乏味的報告，她都能加以各種對襯或抒情，把沉悶平凡的場面注入生命。例如：

> 校長說到獎學金。剛好兩隻麻雀從他頭頂掠過，然後停在光禿的枝椏上，用細瘦的腳丫勾住樹枝。風踮起腳尖躡手躡腳走過，豆莢紛紛墜落，沙沙沙！還伴著麻雀的吱吱喳喳。校長推一推眼鏡架，繼續訓話。

這是一幅眾聲喧嘩的場景，寫實而且沾染戲謔，因此我們的感受不是單一的、制約的。除了上提這些場景外，她還寫到她們觀察綠豆如何萌芽、簷下風乾的馬鮫魚、同學偷拔地瓜以及講她吃蛇蛋等等。她同學問她：「剛才的蛇蛋好不好吃？」

她不寫她的驚慌、作嘔等等感覺，卻以蒙太奇手法說：「轟隆一聲驚天動地的雷響，大雨劈哩啪啦傾盆。鋅板屋頂被駭人的力量擊打。」這種不經意的安排反而能化去嘔心反胃等等直接的震撼。然後她又寫到自己自午睡中驚醒過來發現有「一條軟軟長長的大肉柱在床腳匍匐」。從吃蛇蛋到驚見蛇到父親衝彈進來救她，在三五行之中即壓縮了兩三個經驗面；這就把生活片段給寫活了。

鍾怡雯的桃花源不盡然美好，它有花卉、樹木、陽光、溪流以及隨時可用以果腹的富饒，但它卻也潛藏著重重危機：風雨的怒號、鬼魅森森的林野、野獸的蹤跡以及心中「深絕的孤獨」以及「無言的恐懼」。她的桃花源涉及的不是棄智對技藝、文明對無知、政治對無為、理性對人性等等二分化，它涉及的是天真純樸、真情無性等所謂第一和諧 (first harmony) 的喪失，它書寫的是人類不可規避的成長。她的桃花源就儲存在她心中、具體存在她的文字世界中。

鍾怡雯說的對：「我並沒有失去那座島嶼。」

《幼獅文藝》一九九一年七月

附錄二

所羅門的指環

——評鍾怡雯的散文兼作本專欄的回顧

林青

現在中國走向改革開放，上海更是要建設成為國際性經濟、金融、貿易中心城市，隨著科技的發達和通訊事業的進步，世界宛如地球村，文學更應該成為當今溝通人們心靈和感情的彩虹般橋樑，於是，本刊的「臺港澳與海外華文新作」欄目應時代之運而生。兩年以來，本欄發表了不少小說、散文新作，作者遍及臺灣、香港和新加坡、馬來西亞、美國、德國、澳大利亞等地區和國家。每當收到一封封境外飛鴻，作為一名責任編輯，我總是滿懷喜悅地展讀這些來稿，眼前頓時呈現變幻種種景象：東南亞椰風蕉雨、北美洲冰谷雪峰，更有香港夜景流光溢彩、臺灣寶島疊翠鋪錦。當一些臺港及海外華文作家訪問大陸，我們見面交談時，我總是發現有不少共識又獲得新的啟迪，同時又在想：「他（她）們能為我們欄目寫些什麼嗎？」

在本欄目發表的作品中，有些作者是先後從中國大陸出去留學定居或者打工的，如在美國的劉琦、鄭達，德國的羅茵其，澳洲的沈志敏，更多的作品則是出自臺港暨海外華文文學的作家與文學新人的毛筆，既有以成名作蜚聲海內外華文文壇的知名作家尤今、馬森，也有以扎實的文學實績與學術功底顯示創作潛力的作家，如孫愛玲，還有以豐富細膩的感受和描繪給人以新鮮雅致的藝術美享受的文學新人，如本文向讀者推薦的鍾怡雯。

在刊用於本期的〈我沒有喊過她老師〉以前，我還編發過鍾怡雯的散文〈山的感覺〉(見本刊九十三年第五期)。我和她的翰墨聯繫，源自上海的友人王振科和臺灣師範大學外文系教授、比較文學博士陳鵬翔的輾轉介紹。鍾怡雯祖籍廣東梅縣，在馬來西亞出生，受華文中、小學教育，到臺灣師範大學就讀中文系。於一九九三年畢業後，考取臺灣師大中文研究所的碩士班，現正讀碩士班一年級。學習之餘，她時而替臺灣的報刊雜誌寫採訪稿。因為，「(就讀的) 僑生在臺不能工作，只好打游擊。」

鍾怡雯的散文有特色，熱誠扶植有才華有前途的文學新人是本刊的宗旨之一，這種精神也體現在發表臺港及海外華文新作的本欄目裡。得知我有意為她的散文寫評論，鍾怡雯特意將她在臺灣《中央日報》發表的〈人間〉、海外《星洲日報》發表的〈島嶼紀事〉兩篇散文以及刊於臺灣《藍星》詩刊的組詩〈我如此素描一鎮山色〉等作品複印件寄給我參考，在炎熱的夏季我仔細作了研讀。雖然，鍾怡雯的散文創作歷程並不久長，她的文學生命在大學二年級時開始真正萌芽，詩與散文雙管齊下，在大學四年級時停止新詩創作，專注於散文的，但是，她寫得很認真，而且確實有一定的悟性。鍾怡雯用的是美文筆法，善用通感，如「初夏的日子，陽光改變了空氣的味道」，她講究鍊字，刻意經營。喜用象徵和比喻，令人想起前輩文人的一些佳構，如何其芳的〈畫夢錄〉、朱自清的〈荷塘月色〉。她的散文之美是細膩優雅、秀麗精緻的。

鍾怡雯格外矚目於廣袤無垠的大自然，引起她歌詠、讚賞乃至驚嘆的是人化的自然和自然化的人。她善於尋覓和捕捉自然中的點滴詩意，以此構築一個理想的天地，來擺脫使她覺得平庸瑣細、會使自我迷失的現實社會生活。據古代歐洲神話中記載，如果誰戴上古代希伯來智慧的國王所羅門的指環，那麼他就可以聽懂鳥獸昆蟲的語言，就像在耳邊按上現代社會的譯意風一般。散文和大自然的聯繫原本就是比較密切的，而鍾怡雯對自然萬物的採擷更具靈秀之氣。她寫日出，「童年的太陽有一張酡紅健康的臉，愉快的從柔軟的雲床爬起」，寫馬櫻丹花卉，「即使風雨來襲，依然不會全部掉盡，總會有好幾朵氣定神閒的傲立枝頭，和天地萬物一同欣賞日升月落」，她寫綠豆抽芽，「圓兜兜的綠豆躺在雪白濕潤的棉花裡，不過一個上午便變胖變軟。然後小心翼翼伸出一隻雪白的腳穩住身子，彷彿是要確定這是一塊水源豐足的好地方」。從這些想像出色的文句中我感到，鍾怡雯戴上神奇美妙的所羅門的指環了，這可以使她愉快自如地步入大自然，就像回到分別已久的精神家園，這指環就是經過精工鍛打鑲嵌而成的藝術審美力。當鍾怡雯於原野間看到一片鮮紅的相思林，她就不禁想做這片林子的主人，夢幻般地喃喃自語：「那我就可以隨時或躺或臥，在這銷骨的錦緞紅雲中讓肉身溶解、靈魂昇華。」她能夠將複雜的自然純化為一塊碧琉璃深藏於記憶。

在閱讀鍾怡雯的散文中，我注意到這樣一些意象：「也許是生命來到了津渡。」「自設的界限如孫悟空頭上那環金箍，痛了自己，而世界依然。」她的散文中飄散出淡淡的禪意。從前，她還寫過這樣的詩：「禪定在山中／一部深奧的水徑／自開天闢地　注疏散失之後／博學的土紋也卜不出／它鰲牙的歧義……」禪是一種富有東方特色的社會性的精神現象和文化現象，與唐宋文化高度發達有關。歷史上的高僧寒山、拾得、皎然作詩善於從日常生活的細微瑣事中，挖掘出合乎禪理的主題，善於從幽谷古寺等冷寂環境中反映出自我解脫的思想。也有悟得禪理的俗人，唐代在仕途上遭受挫折後的王維，就能用超然的眼光去看待世間的一切，用悟徹清淨的智慧去創作詩畫。白居易修習禪定，豁然開朗，他的兩句詩高度概括了禪理：「榮枯事過都是夢，憂喜心忘便是禪。」這些詩句都溶入了禪機。受中國古典文化影響頗深的鍾怡雯也以自己的心弦撥出了共鳴的和弦。

鍾怡雯作文雕琢頗工，而為人處世則相信緣，多了幾分隨意和恬淡。在散文〈人間〉裡，她筆下的那位平白受世人非議的「小祖母」老愛說人與人的相契是緣，將無法改變的際遇歸諸命運。她在〈山的感覺〉裡寫道，不停歇流逝的時間宛如一條不歸路，最後，「讓人面對瀝乾水分的自己，只能怔忡驚愕不明所以。」日常生活的平庸雜亂如鐵鏽一般，潛移默化地悄悄蝕盡了青春、意志、力量和作為生命的載體的人本身。於是，鍾怡雯的筆端出現了這樣的句子：「山平靜而沉默，並不急著要求水落石出。」於是，一切遺憾與追悔都釋然了。鍾怡雯散文裡煙篆瀰漫的禪意，猶如中國畫顏料中的藤黃，調入其他各色中，可以使畫幅的色調去火爆之氣，平添一種素雅情趣。

但是還如每一枚銀幣都有其正反兩面，鍾怡雯對於帶有原始蠻荒氣息的大自然卻有複雜的感情和獨到理解，就是自然也不是十全十美的仙境，也有其性惡的一面。〈島嶼紀事〉中表現得特別明顯：「遠離城市，在精神上固然享受著無上的寧靜；然而失去了文明的屏障，生命卻裸露在無情的自然裡，隨時得面對不可預知的殘害力。」風暴、洪水、毒蛇猛獸、瘟疫瘴氣……，在那林木茂密的島嶼裡，就有兇猛的老虎出沒的淩亂足跡。除此之外，從父輩的交談中，年幼的鍾怡雯方始明白，「蒼蒼山色、瀟瀟海雨對英姿勃發的靈魂是一種禁錮和壓抑。」

在此，將我從前讀到過的比喻揉入新的理解和生發：少年是詩的，青年是散文的，壯年是小說的，中年是論文的，而老年則又是散文的了。其中出現的散文的這種輪迴並不是簡單意義上的重複。青年的散文和老年的散文有著本質上的區別。前者想像明麗、觸覺敏銳，充滿歡愉和希望，宛如鮮嫩毛茸的植物飽含溫暖的陽光和晶瑩的露珠；後者則如被造化埋陷於大地深處、被地殼和歲月擠壓衍化的礦物質，堅實默然，融孤寂與堅忍、淡泊渾厚為一體，蘊有耐力，即使記敘遙遠的少年時代某種鮮活跳蕩的東西，那也只是由松脂融甲蟲於內並呈固態的淚狀琥珀。鍾怡雯年紀尚輕，她的幾篇散文中既有青春的色彩、細膩與驚喜，又有睿智的長者般的老到、孤寂和超然，而且表現嫻熟，這是她的漂泊生涯使她對中國古典文學中的滄桑感採取認同。也是迅速發展的現代都市文明對於人性的影響所造成的。

鍾怡雯的散文創作確實有了一個好的開端，但是讀多了她的散文，便會產生一種不滿足的感覺，纖細秀美有餘甚至不無偶有套路相近之嫌。另外，那種長者的禪意似乎來得過早了一些。建議她將藝術的審美觸鬚延伸向廣闊的社會和複雜豐富的人性。對於社會和人的深刻關懷和體察，則會使藝術創造力有新的變化，回頭再去描繪自然，那力度和質感也會相應的增強。如果老是拘泥於藝術的一招一式，在操練得十分嫻熟以致博得一些讚譽的同時，也就形成了束縛自己對新的美學空間的擴展能力的框框和羈絆。藝術是一種緣，能縮短時空，消除陌生，藝術又是一種圓，也具有要求完美，以有限的線條最大限度的包容物體的屬性，既可像所羅門的指環，套上去便能聽清鳥語蟲言，又可如哪吒的風火輪一般，蹬著能馳騁古今，驍勇無阻，比喻固然可以形形色色，重在豐富完善藝術個性。鍾怡雯在一封信中告訴我關於創作的新感受：「散文的難和易都在於這種文體的『寬』，剛開始寫散文時，覺得受詩的羈絆，意象和敘事、描寫形成牽扯的網，放不開，去年略有進展，惜準備研究所（入學）考試，又暫時擱下。目前正思如何收放自如……」看來，她也在思考自己散文的變化與發展問題。「老虎吃天，何處下口」呢？門徑固然很多，除了文字技巧的修煉，諸如大巧若拙之外，我的建議權且給海峽彼岸的這些文學新人一種參考吧。

上海《萌芽》月刊一九九三年十月

附錄三

本書各篇寫作日期

輯一　我的神州

人間	一九九二年　七月
我沒有喊過她老師	一九九二年　十月
迴音谷	一九九二年　十一月
河宴	一九九二年　十二月
靈媒	一九九三年　七月
村長	一九九四年　八月
我的神州	一九九四年　七月

輯二　島嶼紀事

天井	一九九一年　二月
一同走過	一九九一年　二月
鳳凰花的故事	一九九〇年　八月
來時路	一九九〇年　十一月
島嶼紀事	一九九〇年　十一月
亂葬的記憶	一九九四年　三月
外公	一九九四年　八月

輯三　山的感覺

晨想	一九九一年　十月
山野的呼喚	一九九二年　二月
馳想	一九九一年　九月
破繭	一九九二年　三月
山的感覺	一九九一年　三月

輯四　井伯

七夜流動一次的河	一九九二年　一月
夜半風聲	一九九二年　七月
夢的剪貼	一九九二年　八月
童年花園	一九九二年　八月
不睡的眼睛	一九九二年　八月
井　伯	一九九二年　八月
尸毗王	一九九二年　六月
雙層的晚年	一九九三年　七月
竈	一九九三年　七月

青青書系簡介——陪伴青少年走過人生最美時光

旺盛的生命力，從翠綠出發！

給青少年最青的文學閱讀，優質、多元、有趣。

我們相信：文字開拓的無限想像，是成長的必備養分。青青書系充滿新鮮的想法、新時代的感性，以輕量閱讀讓文學變得親近可愛。但願年輕的心靈迷上字裡行間的美好，由此探尋自身、關懷世界，親自品味如歌如詩的青春。

長腳的房子

蘇菲・安德森 著／洪毓徽 譯

即使是死亡，也能啟發我們去擁抱生命。

十二歲的瑪琳卡夢想擁有平凡的生活：住在普通的房子裡，和普通人做朋友。可偏偏她的房子長了一雙雞腳，總是毫無預警地將她和祖母帶到陌生的地方。這一切都因為瑪琳卡的祖母是一名雅嘎，負責引導死後的靈魂前往另一個世界，而瑪琳卡註定要延續這份使命。年輕的瑪琳卡不願一輩子過著與死人為伍的生活，她決心扭轉自己的命運。殊不知這個決定將讓她的人生失去控制，而同時房子卻有自己的打算……

三民網路書店 會員

獨享好康大放送

通關密碼：A1714

憑通關密碼
登入就送100元e-coupon。
(使用方式請參閱三民網路書店之公告)

生日快樂
生日當月送購書禮金200元。
(使用方式請參閱三民網路書店之公告)

好康多多
購書享3%～6%紅利積點。
消費滿350元超商取書免運費。
電子報通知優惠及新書訊息。

三民網路書店
www.sanmin.com.tw
超過百萬種繁、簡體書、原文書5折起

我在你身邊

喜多川泰 著／緋華璃 譯

百萬暢銷作家，出道以來最感人成長小說！
少年與人工智慧相遇，改變了「悲慘」的命運
隼人升上國中課業壓力變大，不懂為何要念書？在學校又因為小事受到朋友孤立。有天，他房間出現一個醜到極點，卻會說話的機器人「柚子」。柚子如何幫他成績突飛猛進，不再害怕同學找碴？年過半百的大叔看了也涕淚縱橫，怎麼會那麼好哭！

國家圖書館出版品預行編目資料

河宴／鍾怡雯著.－－三版一刷.－－臺北市：三民，
2020
　面；　公分.－－（輯+）

ISBN 978-957-14-6830-3（平裝）

855　　109007235

輯+

河宴

作　　者　鍾怡雯
發 行 人　劉振強
出 版 者　三民書局股份有限公司
地　　址　臺北市復興北路 386 號 (復北門市)
　　　　　臺北市重慶南路一段 61 號 (重南門市)
電　　話　(02)25006600
網　　址　三民網路書店 https://www.sanmin.com.tw

出版日期　初版一刷 1995 年 4 月
　　　　　二版二刷 2015 年 6 月
　　　　　三版一刷 2020 年 7 月
書籍編號　S852920
I S B N　978-957-14-6830-3

著作權所有，侵害必究
※ 本書如有缺頁、破損或裝訂錯誤，請寄回敝局更換。

三民書局